目次

徳《とく》川《がわ》家《いえ》宣《のぶ》

江戸幕府第六代将軍
寛文《かんぶん》二年（一六六二）〜正徳《しょうとく》二年（一七一二）

寛文二年（一六六二）四月、四代将軍徳川家綱《いえつな》の弟で、甲府《こうふ》藩主徳川綱重《つなしげ》の子として生まれる。綱重が正室を娶《めと》る前の誕生であったため、家臣新見《にいみ》正信《まさのぶ》のもとで育てられる。

寛文十年（一六七〇）、九歳のときに認知され、綱重の嗣子《しし》となり、元服後、綱豊《つなとよ》と名乗る。延《えん》宝《ぽう》六年（一六七八）の父綱重の逝去《せいきょ》を受け、十七歳で甲府藩主となる。将軍家綱が亡くなった際には、世継ぎとして候補に名があがったが、将軍の座には、叔父《おじ》の綱吉《つなよし》が就《つ》いた。

五代将軍綱吉も、嫡男《ちゃくなん》の早世《そうせい》や、長女鶴姫《つるひめ》の婿《むこ》である紀州《きしゅう》藩主徳川綱教《つなのり》の死去等で世継ぎに恵まれなかったため、宝永《ほうえい》元年（一七〇四）、綱豊が四十三歳のときに養嗣子となり、江戸城西ノ丸《にしのまる》に入り、名も家宣と改める。宝永六年（一七〇九）の綱吉の逝去にともない、四十八歳で第六代将軍に就任する。

将軍就任後は、生類憐《しょうるいあわれ》みの令をはじめとした、前政権で不評だった政策を次々と撤廃《てっぱい》。間部《まなべ》詮《あき》房《ふさ》を側用人《そばようにん》として重用し、新井《あらい》白石《はくせき》の案を採用するなど、困窮《こんきゅう》にあえぐ庶民のため、政治の刷新をはかり、万民に歓迎される。正徳二年（一七一二）、五十一歳で亡くなったため、治世《ちせい》は三年あまりとごく短いものであったが、徳川将軍十五代の中でも一、二を争う名君であったと評されている。

浪人若さま　新見左近　決定版【十一】

左近暗殺指令

第一話　娘の仇《かたき》

※

この日、畳職人の娘おつるは、幼馴染《おさななじ》みの健太《けんた》と二人で深川富岡八幡宮《ふかがわとみがおかはちまんぐう》の縁日に出かけて楽しみ、日が暮れぬうちに家路についていた。

おつると将来を約束している健太は、所帯を持ったら、子を三人は授《さず》かりたいだとか、頑固者だが優しいおつるの父親と暮らして、一日も早く楽隠居させたいなどと言いながら、堀川のほとりを歩いていた。

おつるは父親の弟子でもある健太のことを頼もしく思い、幸せそうな顔で笑っている。

その二人の前から、人相の悪い男たちと町駕籠《まちかご》がやってくる。

武家屋敷と堀に挟まれた狭い道だったので、健太はおつるの肩をつかんで海鼠塀《なまこべい》に寄り、道を空けて待った。

やくざ風の男たちは黙って通り過ぎたので、健太はおつるを気遣《きづか》い、道を歩みはじめた。

一

新見左近《にいみさこん》は甲府《こうふ》藩主としての役目をすませ、久々に根津《ねづ》の藩邸から外出した。

むろん、徳川綱豊《とくがわつなとよ》としてではなく、藤色の着流しに、将軍家伝来の宝刀安綱《やすつな》を帯《お》びた浪人姿で抜け穴から脱して、浅草花川戸町《あさくさはなかわどちょう》で小間物屋を営むお琴《こと》のもとへ向かった。

不忍池《しのばずのいけ》のほとりを抜けて上野《うえの》の町へ入った時、

「左近の旦那」

後ろから声をかけられて立ち止まると、大工道具を担《かつ》いだ権八《ごんぱち》が、撥鬢《ばちびん》を揺らして笑みで駆け寄る。

「権八殿、仕事帰りか」

すると権八が空を指差す。

「旦那、まだ真っ昼間ですぜ。朝の仕事を終えて、これから次の普請場《ふしんば》へ行くところでさ」

「忙しそうで何よりだ」

するると権八が眉間《みけん》に皺《しわ》を寄せた。

「……あの野郎、こんなところにいやがった。旦那、ごめんなさいよ」

手を出して左近をどかせた権八が、通りを歩んでいた中年の男に駆け寄る。

「やい、相吉《そうきち》。おめぇ、仕事もしねぇで何してやがる。畳が入らねぇから仕事の仕上げにならねぇと言って、棟梁《とうりよう》が怒ってたぞ」

権八が文句を言う男は、小五郎《こごろう》の店で左近も何度か見たことがある畳職人だ。

権八とは飲み友達で、仕事に真面目な二人は、顔を合わせれば飲みながら普請場のことを話している。

その相吉が、ここ数日仕事をしていないらしく、権八は怒っているのだ。

「やい、人の話を聞いてやがるのか」

権八はそう言ったが、相吉の耳には届いていない様子だ。目も虚《うつ》ろで、急に老《ふ》け込んでもいる。

左近は権八を止め、相吉に訊《き》いた。

「何か心配ごとでもあるのか」

すると相吉が、悲痛な顔を向けた。

「む、娘が、もう三日も帰ってこないんです」

権八が驚いた。

「おつるちゃんが、帰《け》ぇらないだと……。おめぇ、なんで先にそれを言わねぇ。一人で捜していたのか」

相吉が、こくりとうなずく。

権八が言う。

「あのおつるちゃんが三日も帰ぇらないとはただごとじゃねぇ。自身番《じしんばん》に行くぞ」

「行った帰りだ」

「町役人《ちょうやくにん》は捜してくれると言ったのかい」

権八に顔を向けた相吉が、悔しげに首を横に振る。

「八丁堀《はっちょうぼり》の旦那がいなさったのだが、駆け落ちに違いないと決めつけられた。おれは、おつると健太はいずれ夫婦になることが決まってるので、駆け落ちなんざしないと言ったんだが……考えてみりゃ、八丁堀の旦那がおっしゃるとおりかもしれねぇと思ってよ。どうにもやりきれねぇ思いで、帰っていたところだ」

「そいつはいったい、どういうことだ」

権八が訊くと、相吉は寂しそうな顔で答える。

「おれが馬鹿だった。一日も早く夫婦になりたいと願う娘に、まだ早いと言い続けていたんだ。健太が気に入らないからじゃない。畳職人として一人前になるまで待てと言っていたんだが、若い二人には待てなかったようだ」

健太が相吉に弟子入りしたのは、三年前のことだ。

幼馴染みのおつるとは、子供の頃から想い合っていたのを知っていたので、相吉は親と死に別れた健太を弟子入りさせ、跡を継がせるつもりで鍛えていたのだ。

健太も相吉の期待に応《こた》えるべく必死に働き、なかなか筋がいいところを見せていたという。来年には祝言《しゅうげん》を挙げてやろうかと思っていた矢先に、いなくなってしまったのだ。

相吉の思いを知っていた権八は、どう声をかけていいのか戸惑っている。

左近に助けを求める顔を向けたので、左近はうなずき、相吉に訊いた。

「二人が行きそうな場所に、心当たりはないのか」

すると相吉はかぶりを振った。

「この三日のあいだに、思い当たるところは捜し尽くしました。町の者も二人を見ていないと言うもんですから、浅草あたりにいやしないかと思い、捜しに行こうとしていたところです」

相吉は湯島《ゆしま》に暮らしている。浅草には健太の従兄《いとこ》が暮らしているので、身を寄せているかもしれぬと言うのだ。

浅草と聞いて、権八が口を開く。

「よしきた。おれも捜してやろう」

今日の仕事は終わりだと言って相吉の手を引くので、気になった左近も同道した。

健太の従兄は東本願寺《ひがしほんがんじ》門前の線香屋で働いていたので、まずはそこを訪ねた。

「健太ですか？　いえ、来ておりませんが」

従兄の伊平《いへい》は、ひと月前に会って以来、顔を見ていないという。

相吉が二人がいなくなったと教えると、伊平は首をかしげた。

「そいつは妙ですね……前に会った時は、早く一人前になって、親方の娘さんと夫婦になるんだと張り切っていましたが」

相吉がすがるように言う。

「そいつは、ほんとうかい」

「ええ。駆け落ちなんて、しやしませんよ」

性格の明るい伊平は、ぽんと手を打ち鳴らした。

「ひょっとして健太の奴、親方に内緒で、おつるちゃんと箱根《はこね》あたりでしっぽりとやってやがるんじゃ……」

楽しげに言う伊平に賛同できぬ相吉は、暗い顔をする。

「だったらいいんだが」

どうにも胸騒ぎがすると言うので、伊平は、ばつが悪そうな顔をした。

「とにかく、健太は駆け落ちなんかしませんから、心配なさらないでください」

そう励《はげ》ます伊平に、左近が訊く。

「健太が立ち寄りそうな場所に、心当たりはないか」

浪人姿の左近に顔を向けた伊平が、遠慮がちに答える。

「さあ、わかりません」

「さようか。邪魔をしたな」

左近が礼を言うと、伊平は健太が来たらすぐに知らせると言い残して、仕事に戻った。

権八が左近に言う。

「二人が深川の八幡様にお参りしたきりいなくなったのなら、大川《おおかわ》を渡ってみますかい」

「そうだな。相吉、行ってみるか」

「へい」

「湯島からだと両国橋《りょうごくばし》を渡ったはずだ。その道を辿《たど》ってみよう」

左近が言い終わらぬうちに、相吉は両国橋へと急いだ。

両国橋を渡り、大川沿いの道をくだっていると、

「どけ！　道を空けい！」

後ろから声がして、町方同心《まちかたどうしん》と岡《おか》っ引《ぴ》きが追い越していく。

気にしつつ歩んでいると、同心たちが堀川に架かる橋の手前で、左に曲がっていった。

橋の袂《たもと》に着いた左近がその道に顔を向けると、柳の木が並ぶ先の船着場に、人だかりができていた。

権八が左近に、何かあったようだとささやく。

富岡八幡宮には、この道からでも行ける。

そう思った左近は、堀端の道に足を向けた。

人だかりの後ろにいた男に何があったのか訊くと、振り向いた男が顔をしかめながら教えてくれた。

「堀川に人が浮いていたらしいです。ちらりと見たんですが、若い男でしたね」

「さようか」

左近は相吉と権八を促《うなが》し、野次馬をかき分けて堀端に行った。

骸《むくろ》はすでに引き上げられ、荷車に乗せられて筵《むしろ》がかけられていた。

到着したばかりの町方同心が、見つけた者に話を聞いていたが、荷車に歩み寄り、筵をめくって死人の顔を見た。

同心の身体が邪魔で左近は顔を見ることはできないが、白くなった手首に巻かれた赤い紐《ひも》が、やけにはっきり見える。

骸の状態を検《あらた》めた同心が、

「こいつは心中だな」

そう見立てて、堀川に顔を向けた。

左近の後ろを回って顔をのぞかせた権八が、あっ、と驚愕《きょうがく》の声をあげたので、同心が鋭い目を向ける。

「知り合いの者か」

訊かれたが、権八は答えずに相吉の腕を引いた。

「相吉……健太だ。健太がいた」

そう言った時には、権八は涙声になっている。

相吉はよろよろと荷車に歩み寄り、健太にしがみつく。

「健太、おい、起きろ健太。おめぇこんな――」

声を詰まらせた相吉は、健太の手首に巻かれている赤い紐を触り、手を震わせた。

その様子を見て、同心が訊く。

「この者は、お前の息子か」

「そのような者でございます」

「そのような者とは、どういうことだ」

「近々、娘と夫婦になることになっておりましたので。二人とも三日前からいなくなり、捜しておりやした」

「そうか」

同心は悲しげな顔をした。

「では、心中の相手は娘だな」

相吉は認めたくないのだろう、答えずにうつむいている。

「心中なんかするもんか」

叫んだのは権八だ。

「八丁堀の旦那、二人は将来を約束して幸せだったんです。心中なんかしやしませんよ」

「しかしな、この紐が物語っている。娘はこの川のどこかにいるはずだ。早く見つけてやらねばなるまい」

同心は同情を示しつつ、岡っ引きや町役人に川さらいを命じた。

相吉は健太の死に顔を見ながら、手の甲《こう》で涙を拭《ぬぐ》う。

「どうして心中なんかしやがったんだ。この大馬鹿野郎……おつるを返せ。おい、健太！」

泣き叫びながら健太の身体にしがみつく相吉を見て、権八が洟《はな》をすする。

「とんだことになっちまったもんだ」

小五郎の店で酒を飲みながら、おつると健太のことを嬉しそうに話していた相吉の姿を知っている左近は、胸が痛んだ。

堀川の探索は日暮れまで続けられたのだが、おつるの骸《むくろ》は見つけることができなかった。

健太の骸が船着場に引っかかっていたので、片割れのおつるは引《ひ》き潮《しお》で大川に出たのだろうと同心が言い、明日は大川を捜すことになったのだが、何せ広い川だ。海も近いとあって、見つからぬことも覚悟しておくようにと同心は言葉を残し、引きあげていった。

相吉は、おつるを捜すと言って大川に行き、川端を歩きはじめた。

権八は、たった一人になってしまった相吉が、川に身を投げやしないかと心配して、そばに付き添うと言う。

左近も放ってはおけず、船宿《ふなやど》で舟を雇い、篝火《かがりび》を焚《た》いて大川の河口まで捜した。

大川の河口で真っ暗な水面《みなも》を見つめている相吉が、

「おつるが心中するなんて、おれにはどうしても信じられない」

そう言いはじめた。

権八も、そうだ、きっと生きている、と励ましの声をかけたものの、心配そうな顔を相吉に向けている。

左近は船頭に手当てをはずみ、探索を続けさせた。

だが翌朝になっても、おつるを見つけることはできなかった。

船頭も疲れた顔をしているので、左近は探索を役人にまかせようと言って、相吉を説得して船宿に戻り、二人を一休みさせた。

相吉は水を飲んだだけで、役人と共に娘を捜すと言って、左近と権八に頭を下げてふたたび大川へ出た。

疲れ果てていた権八は、半刻《はんとき》（約一時間）ほど眠ったら手伝うと言い、にぎり飯を食べると横になり、すぐにいびきをかきはじめた。

左近も権八と一休みして、半刻後にはふたたび舟を出し、探索の手伝いに戻った。

二

本所石原町《ほんじょいしわらちょう》で甲斐無限流《かいむげんりゅう》の剣術道場を主宰《しゅさい》する岩城泰徳《いわきやすのり》は、友人の左近が大川で人捜しをしていることなど知るはずもなく、

「久々に、妹の顔でも見てこよう」

午前中の稽古《けいこ》を終えると、一人で出かけた。

妻のお滝《たき》が、お琴に渡してくれと言って持たせた手土産《てみやげ》を提《さ》げて、泰徳は竹《たけ》町《ちょう》の渡しの船着場へ向かっていたのだが、

「おや」

微《かす》かに聞こえた女の悲鳴に立ち止まり、耳を澄《す》ませる。

声は確かに、堀川を吹き抜ける東からの風に乗って聞こえていた。

泰徳は渡っていた太鼓橋《たいこばし》のてっぺんから、声のした方角へ目を向けた。

柳が並ぶ通りは、新築普請がされている大名屋敷と堀川に挟まれていて、昼間でも人通りが少なく、ところの者も通らぬ場所だ。

だが、確かに女の悲鳴が聞こえた。

泰徳がそう思いつつ見ていると、ふたたび悲鳴がした。

柳の隙間《すきま》に、走って逃げる女の姿が見える。

この時にはもう泰徳は駆け出している。

橋を駆け下りて堀端の道をゆくあいだに、逃げていた女が二人の男に追いつかれて腕をつかまれた。

「おとなしくしやがれ」

男が腹に当て身を入れ、女は呻《うめ》き声をあげて倒れた。

やくざ風の男が、女を抱えて去ろうとしたところへ、

「おい！」

泰徳が声を発して走る。

気づいた男どもが、女を置いて逃げた。その判断の早さと逃げ足の速さは、日

頃から悪事を働いている証《あかし》だ。

小柄で歳が三十ほどの男に見覚えがある泰徳は、深追いをせずに、倒れている女を助け起こし、活《かつ》を入れて目覚めさせた。

怯《おび》える女に、

「案ずるな、悪人は逃げた」

優しく告げると、立ち上がった。

若い女は、乱れた着物の前を直して立ち上がろうとしたのだが、腹の痛みに顔を歪《ゆが》める。

「痛むか。どこかで休んだほうがいいな」

「大丈夫です。危ないところをお助けいただき、ありがとうございます」

「襲った者とは、顔見知りなのか」

「いえ。知らない人です」

嘘《うそ》を言っているようには見えない。

泰徳は女に言う。

「この道は人目がないせいか、近頃は物取りが増えておるゆえ、ところの者もあまり通らぬ。どこから来たのだ」

「四谷《よつや》でございます」

親戚の祝いごとの手伝いを終えて、帰る途中だったという。

以前にもこの道は通ったことがあるので、近道をしたらしい。

泰徳は、やくざ者が逃げたほうに険しい顔を向けた。金目当ての物取りではなく、女をどこかに引きずり込んで悪さをしようとしたに違いない。

そういう輩《やから》は、一度目をつけた女を簡単にはあきらめぬ。

隠れて見ているかもしれぬと思った泰徳は、女に顔を向けた。

「また戻ってくるといけない。これから大川を渡るところだったので、途中まで送ってあげよう」

女が警戒の目を向けた。恐ろしい目に遭《あ》ったのだから当然だ。

泰徳は近くの自身番まで行き、町役人に己の身元を明らかにするよう頼んで女を安心させ、舟で大川を渡ると四谷の奉公先まで送ってやった。

「次に外出をする時は、気をつけなさい」

泰徳は店に入ってくれと言う女の誘いを断り、お琴の店に向かった。

女から話を聞いた店のあるじは、命の恩人をこのまま帰してはいけないと言って、泰徳を追ってきて、引き戻そうとした。

用があるとふたたび断った泰徳は、店のあるじに、若い娘を一人歩きさせてはならぬと念押しすると、

「当然のことをしたまでゆえ、礼には及ばぬ」

と言って、その場から立ち去った。

三島屋《みしまや》に行く道すがら、泰徳は逃げた男たちのことを考えていた。

一人は見覚えがなかったが、小柄な男のほうは、今も続けている夜廻りをしていた時に、女郎屋《じょろうや》が並ぶ色町《いろまち》で喧嘩《けんか》をするごろつきどもの中にいた。

喧嘩を止めようとした泰徳に刃物を向けてきたので、忘れもしない。

今から三月《みつき》前のことだが、おそらく相手も、自分を片手でひねり倒した泰徳の顔を覚えていたのだろう。歯が立たぬと思い、慌《あわ》てて逃げたに違いない。

「どうしようもない奴だ。なんとかせねば」

若い女を攫《さら》おうとしたことに腹が立った泰徳は、どうしてやろうかと考えているうちに三島屋に到着した。

相変わらず繁盛《はんじょう》している店の軒先《のきさき》から中をのぞき、目が合ったおよねに軽く頭を下げると、表に出てきた。

「お久しぶりでございます。ささ、どうぞ」

「いや、忙しそうなので裏から入ろう」

「はいはい。どうぞお上がりになっていてください。おかみさんにお伝えしますから」

「頼む」

裏に回った泰徳は木戸を開けて中に入り、裏庭から廊下に上がった。

左近がいつも使う部屋に座り、お滝が持たせてくれた手土産を横に置いて待っていると、程なくしてお琴が顔を見せた。

「義兄上《あにうえ》、お久しぶりでございます」

「うむ」

泰徳は、お琴が一段と美しくなった気がして、いささか驚いていた。甲府藩主たる左近の寵愛《ちょうあい》を受けているからだろうと思い、安堵《あんど》する。

「元気そうだな」

「おかげさまで。伯父上《おじうえ》と義姉上《あねうえ》はお元気ですか」

「おう。お滝などは元気すぎて、恐ろしさを増している」

「まあ。義姉上に言いつけますよ」

お琴の明るい笑みに、先ほどまで曇っていたこころが晴れた気がして、泰徳も笑った。

「これを……お滝が持たせてくれた」

「なんでしょう」

お琴は泰徳が差し出した包みを開けた。

「おはぎだわ」

喜んだお琴は、さっそくいただこうと言って、およねに声をかけて皿を持ってきた。

お琴はおはぎを二つ皿に載せ、隣の部屋に行った。

亡き姉、お峰《みね》の遺髪《いはつ》を納《おさ》めている仏壇に供《そな》え、手を合わせる。

泰徳が中をのぞいて、瞠目《どうもく》した。

「おお、立派な仏壇ではないか。もしや、左近殿が新しくしてくれたのか」

「はい」

「そうか。お峰も喜んでおろう」

泰徳はそう言うと、お琴のあとに仏壇に向かった。

お峰は、左近と夫婦になる日を目前にして病《やまい》に倒れ、妹のお琴を頼むとの文《ふみ》を左近に遺《のこ》して亡くなった。

それから年月が過ぎていき、お峰を喪《うしな》った悲しみを乗り越えた左近とお琴は、互いを想い合うようになっていたのだ。

先ほど泰徳が、お峰も喜んでおろうと言ったのは、この仏壇から幸せそうな妹を温かく見守っていることだろうと思ったからだ。

「お峰、安心して安らかに眠るがよい」

短いあいだだが、兄妹の縁を結んだお峰のことを思い出しながら、泰徳は手を合わせた。

部屋に戻ったお琴は、おはぎを皿に取り、泰徳に差し出す。そして自分の皿にもおはぎをひとつ取ると、嬉しそうに口に運んだ。

「んっ、おいしい」

満面の笑みで喜ぶお琴を見て、泰徳は笑った。

「やはり、お琴はお琴だな」

「なんのことです？」

不思議そうな顔をするお琴に、泰徳は首を横に振る。

そこへおよねがやってきて、

「はい、お茶が入りましたよ」

二人の前に湯呑《ゆの》みを置き、おはぎを見て目を輝かせた。

お琴が皿に取って渡してやると、一口食べて幸せそうに目を閉じる。

「このなんとも言えない甘さ。疲れが吹き飛ぶわぁ。うちの亭主にも食べさせてやりたいところだけど、いつ帰ってくるものやら」

「そうね。早く見つかるといいわね」

応じたお琴に、泰徳が訊く。

「誰かいなくなったのか」

「はい」

お琴は、左近がよこした使いの者から聞いたことを教えた。何も言わずに家に帰らぬ権八のことを、およねが心配すると思って知らせたのだ。

相吉や健太とおつるのことを知らぬ泰徳は、若い男女が心中したことを痛ましく思いはしたが、他人《ひと》ごととして聞いていた。

お琴を訪ねれば、ひょっとしたら左近に会えるかもしれぬと思っていたので、手伝いに行こうかとも一瞬考えたが、今夜は門弟の親に招かれている。

「そろそろ帰らねば」

泰徳がそう言って立ち上がった時、お琴がふと匂いを嗅《か》いだ。

「義兄上、今日はいい匂いがしますね」

「ん？　そうか？」

「はい。義姉上の匂い袋を借りているのですか」

お琴はそう訊いたが、泰徳は否定した。

「よせ、やましいことなどない」

「あら。まだ何も言っていませんよ」

「目が言うておる。疑いの目だ」

お琴は、ますます疑いの目を向けた。

「若い子が好む香りですもの、疑いたくもなりますよ」

泰徳は、お琴の鼻のよさに舌を巻いた。

右の袖《そで》を鼻に近づけ、匂いを嗅いでみる。

それを見たお琴がすかさず言う。

「腕に抱かれたのですか」

「ば、馬鹿、思い違いをいたすな。やくざ者に攫われそうになっていた娘を助けてやったのだ。匂いは、その時についたのだろう」

泰徳がここへ来る前のことを教えると、お琴は詫《わ》びた。

「それを早く言ってください。でも、お待ちになって。このままでは義姉上にも疑われてしまいます」

お琴は店に行き、商品を手にして戻ってきた。

「殿方も好まれる匂い袋です。これを入れておけば、匂いが変わるでしょう」

「助かった。これでいらぬ詮索《せんさく》をされずにすむ」

泰徳は苦笑いで言うと、お琴の見送りを受けて家路についた。

人捜しのことが気になったので、遠回りになるが両国橋を渡って帰ることにした泰徳は、蔵前《くらまえ》を南にくだり、橋の上から大川の下流を見た。

川岸に舟を寄せて、竿《さお》で底を探っている者の姿がちらほらとあるが、大がかりな探索ではないようだ。

橋を渡った泰徳は、袂の河岸《かし》を捜している舟に声をかけてみた。

「心中をした娘の手がかりはないのか」

すると、漁師らしき男が手を振って答える。

「もう海に流れちまってるってことになりそうですぜ。日が落ちたら打ち切りだそうです」

「さようか。無事見つかるといいな」

泰徳はそう言って、左近の姿がないかとあたりを見回したのだが、結局会えぬまま道場に帰った。

三

おつるがいなくなって、ひと月という時が流れたが、相吉は毎日大川へ出かけて河岸を捜し歩いていた。

健太が見つかった堀川の船着場にも足を運び、満ち潮に乗って川上に流されたのではないかと思っては、そちらにも足を運ぶ。

肌寒い季節になったというのに、堀川からは時折、どぶの臭《にお》いが漂ってくる。緑色によどんだ水の中に娘が沈んでいるのかと思えば、早く引き上げてやりたいと焦《あせ》り、涙が出る。

足を棒にして一日歩き回り、とっぷりと日が暮れて湯島に戻った相吉は、家に帰る前に腹を満たそうと飯屋に立ち寄った。

「酒を頼む。升《ます》だ」

馴染みの店なので、あるじも女房も相吉のことを心配している。

店の片隅に置かれた床几《しょうぎ》に腰かけ、客と顔を合わせぬように背を向ける相吉の姿は、痛々しいばかりだ。

騒いでいた常連の客たちも、相吉が店に入ると気を使い、途端に静かになる。

「あれほど明るかった人が、見る影もねぇや」

「可哀そうで、見ちゃいられないよ」

健太とおつるを連れてきて、楽しそうにしていた姿を知る者は、洟をすりながら酒を飲むのだ。

一人の若者が店に飛び込んできたのは、そんな時だった。

相吉を見つけるや、

「いた！」

と言って駆け寄るのは、茅葺《かやぶ》き職人の千八《せんぱち》だ。

「相吉さん！　おつるちゃんを見たという人がいたぜ！」

酒を飲んでいた相吉が、升を投げ置いて立ち上がった。

「おつるは生きているのか」

「ああ、たぶん生きてる」

相吉は涙目を見開いて、千八の肩をわしづかみにした。

「見たというのは、どこのどちらさんだ」

「去年まで同じ長屋に暮らしてた、大工の新吉《しんきち》を覚えているかい」

「覚えているとも。確か、深川に引っ越したはずだが」

「前に深川に葦《あし》を仕入れに渡った時に、問屋でばったり会ってたんだ。久々に一杯やろうと今日、約束をしていたんだが、その時、おつるちゃんが心中をした話をしたら、馬鹿なことを言うな、ちゃんと生きてると言うもんだから、おれは驚いちまって……」

話を聞いていたおかみが口を挟んだ。

「話が長いんだよ。前置きはいいから、おつるちゃんをどこで見たのか、お言いよ」

すると、途端に千八の勢いがなくなった。ためらう顔を向けるので、相吉はとにかく教えてくれと頼んだ。

「生きていてくれさえすればいいんだ。どこにいるのか教えてくれ」

千八は顔を近づけ、小声で告げた。

「富岡八幡の近くにある、色町だそうだ」

女郎屋が建ち並ぶ、知る人ぞ知る闇の場所だ。女が足を踏み入れたら最後、死ぬまで出られぬと言われている。

「そ、そんな」

思わぬことに、相吉は愕然《がくぜん》とした。

客から色町のことを聞いたおかみが、

「そ、そんなことあるもんか。何かの間違いに決まっているよ」

そう言ったのだが、千八は、物覚えがよい新吉がおつるの顔を見間違えるはずはないと答えたので、客の一人が、町奉行所に訴えておつるを助けようと声をあげた。

「やめてくれ」

相吉は叫んだ。

「おつるが攫われているなら、役人に頼れば、口封じに殺されてしまう」

「じゃあ、どうする気だい」

おかみが言ったが、相吉は答えず、代金を置いて店を出た。

その足で深川に渡った相吉は、富岡八幡宮の東側にある色町へ足を踏み入れた。

毎日埃《ほこり》まみれになりながら娘を捜していた相吉は、月代《さかやき》も伸び、無精《ぶしょう》髭《ひげ》のみすぼらしい姿になっている。

そんな男を女が相手にするはずもなく、声をかけても邪険《じゃけん》にされるばかりで、一向におつるの消息を訊けない。

それでも粘り、やっと相手にしてくれた女に人相と年頃を言っても、

「そんな女、どこにでもいるじゃないのさ」

と鼻で笑われた。

それでも相吉は、一分金をにぎらせて訊く。

「名はおつるだ。聞いたことないか」

現金な女は、仲間の女郎に訊き歩いてくれたのだが、おつるを知る者はいなかった。

やっとつかんだ手がかりだ。

あきらめることができぬ相吉は、次の日も、その次の日も色町に行き、娘を捜し歩いた。

いかがわしい見世をすべて回ったのだが、浮世の裏側に生きる男たちは、知っていても教えないのか、それともほんとうに知らないのか、おつるの影はまったく浮かんでこない。客引きの女郎も、しかりだ。

親身になってくれた一人の男に、

「そういう話はよくある。他人の空似というやつだ」

と言われて、相吉は肩を落とした。

考えてみれば、健太と一緒にいて、こんなところに身を沈めるというのはあり得ない。

やはり、自分が夫婦になるのを渋ったせいで、二人は思いつめて死んでしまったのだ。

涙が止まらなくなった相吉は、あきらめて家路についた。

にぎやかな色町の景色がぼやけ、人の声など聞こえない。

ぼんやりしながら歩いていた相吉は、突然腕をつかまれて足を止めた。

振り向くと、若い女が悲痛な顔をして立っていた。

「お願いです。助けてください」

身なりは明らかに女郎ではない。二十歳《はたち》にもならぬ幼顔を見て、相吉は驚いた。

「どうしたんだい」

「知らない人に連れてこられたのです。お願い、助けて」

「よ、よし」

ただならぬ様子に、相吉は奮起《ふんき》した。

女の手を引き、無我夢中で大通りへ出ようと走った。

「どいてくれ。どけ」

女郎や客たちをどかせて角を曲がった時、人相の悪い連中に道を塞《ふさ》がれた。

「逃げようったって、そうはいかねぇ。おい、じじい、女を渡さねぇと痛い目に遭うぜ」

大柄な男に迫られて、相吉は後ずさりした。

「こっちだ」

きびすを返して逃げようとしたのだが、退路を塞がれ、襲ってきた男に殴り倒された。

朦朧《もうろう》とする相吉は、別の男に腹を蹴られ、激痛のあまり呻き声をあげる。

女は髪の毛をつかまれ、引きずられていく。

周りにいる女郎たちは、みんな怯えきった顔で背を向けて、見て見ぬふりをしている。

その異様な光景を見た相吉は、倒れたふりをしてその場をやりすごし、帰っていく男たちの跡をつけた。

助けを求めた女が連れていかれたのは、色町のはずれにある「花菱屋《はなびしや》」という見世だった。

堀端に建つ花菱屋は、他の女郎屋とは違い、出入りをする客は皆、裕福そうな者たちばかりで、見世の前の警戒は厳しい。

物陰から様子を見ていた相吉は、角樽《つのだる》を提げながら通りかかった奉公人らしき男を呼び止めた。

「すまない、兄さん。あそこの花菱屋は粒揃《つぶぞろ》いだと聞いて来たんだが、ほんとうかい」

そう訊くと、上から下まで舐《な》めるように見た奉公人が、手をひらひらとやる。

「やめときな。あそこは少なくとも、十両は出さなきゃ遊べないからよ」

「十両！　それは凄《すご》い。詳しいようだが、もうひとつ教えてくれないか」

「なんだい」

「あそこに、おつるという女はいるかい？」

「そいつはほんとうの名かい」

「ああ、そうだが」

「だったら、わかるはずもないや。この町じゃあ、名を変えるのが当たり前だ。忙しいから行くぜ」

奉公人は迷惑そうに言い、酒を届けに走り去った。

連れてこられたと言った女の言葉が頭に残っていた相吉は、おつるも同じ目に遭っているのではないかと考えていた。

そう思うといたたまれなくなり、花菱屋に近づいていった。

表を見張っていた男たちが鋭い目を向ける。

娘を捜していると知られれば、おつるの口を封じられるかもしれない。

咄嗟《とっさ》にそう思った相吉は、男たちから目をそらして、背中を丸めて通り過ぎた。

こうなったら、なんとか金を工面して客として入り、中を探るしかない。

そう決めた相吉は、金策に走った。

四

「こうして飲むのは、半年ぶりか」

泰徳に酒をすすめられて、左近はうなずき、杯《さかずき》を差し出した。

藩主の仕事を一段落させてお琴を訪ねた折に、偶然にも顔を合わせることができたので、小五郎の店に誘ったのだ。

「そういえば、お滝殿のおはぎは旨《うま》かった」

左近が言うと、泰徳が嬉しげにうなずく。

「食べてくれたのか」

「うむ。先月は、おぬしと入れ違いで、お琴のところへ来たのだ」

「確かあの時は、権八と人捜しをしていたな」

「未《いま》だに見つかっておらぬというから、胸が痛む」

「そうか。ひと月経《た》ってしまえば、難しいな」

泰徳はそう言って酒を飲み、ため息まじりに続ける。

「人捜しといえば、近頃深川と本所では、若い女がいなくなる話が多い。今朝も、娘を捜し回る親たちの姿を見た」

左近が杯を置いた。

「どういうことだ」

「質《たち》の悪い連中がいるのだ。己の欲を満たすために、若い女を連れ去ろうとする輩だ。ひと月前も、お琴に会いに来る時に攫われそうになっていた女を助けたのだ」

左近が険しい顔をする。

「何者の仕業《しわざ》だ」

「あとで思い出したのだが、一人は本所の色町に居を構える文吉《ぶんきち》というやくざ者の子分だった。逃げ足の速い連中で、捕らえることはできなかったが、次に見かけたら捕まえて締め上げてやるつもりだ」

「役人には言ったのか」

「知らせた。だが、見ておらぬので引っ張ることはできぬと申して、動こうとせぬ。証がないのだから無理もないのだろうが……見廻りを増やすでもなく、結局は手つかずだ」

「攫われた女は、何人いる」

「おれが知るだけでも、五人だ」

「皆、戻らぬのか」

「門弟がしていた話では、そうらしい。おれも暇《ひま》を見つけて見廻りをしているが、文吉一家の者どもはなかなか用心深く、尻尾《しっぽ》をつかめぬ。今日会えたのは幸運だった。手を貸してくれぬか」

「もちろんだ」

左近は店の客が聞き耳を立てていないのを確かめ、板場にいる小五郎に目を向ける。

そばで話を聞いていた小五郎が、左近の言わんとすることを理解し、うなずいた。

かえでに店をまかせた小五郎は、文吉一家の動きを探りに出かけていった。

小五郎とかえでが文吉一家を見張りはじめて、二日が過ぎた。

この日、左近の見張りがついたことなど知る由《よし》もない文吉は、約束の刻限に間に合うように家を出ると、子分たちが守る駕籠に乗って深川にくだった。

日がとっぷりと暮れた道を急いで向かった先は、富岡八幡宮のそばにある花菱屋だ。

文吉が花菱屋に入るのを見届けた小五郎は、女郎屋街を移動して人気《ひとけ》のないところで屋根に上がり、音もなく移動して花菱屋の屋根に跳び移ると、屋根裏に入った。

そして下の様子を探りながら移動していく。

下の部屋からは、男に抱かれる女の艶《つや》っぽい声が聞こえてくるのだが、中には明らかにいやがる女の声もあり、それをいたぶる男の様子がうかがえる部屋もあった。

並の女郎屋ではないと感じた小五郎であるが、情報収集に徹してその場を離れ、文吉がいる部屋を捜した。

するると、ガラガラ声で口うるさく指図する男の部屋に行き着いた。

小五郎は狙いを定め、天井板に耳を当てる。

下の部屋では、文吉が細々《こまごま》と子分に指示をして、人を迎える支度を整えていた。

その待ち人が到着したのは、程なくのことだ。

「親分、お越しになりやした」

「よし、おめえたちは下がれ。呼ぶまで誰も近づけるんじゃねぇぞ」

子分が応じて下がると、入れ替わりに侍が現れた。部屋に入った侍は、障子が閉められるのを待って上座に落ち着き、頭巾《ずきん》を取る。

色黒で脂《あぶら》ぎった顔の文吉に対し、侍は色白で表情は底冷たい。

「大西《おおにし》様、わざわざお呼び立てして申しわけございません」

頭を下げる文吉に、大西はうなずく。

「文吉、わしを呼ぶからには、よい話であろうな」

「はい。上玉が手に入りましたので、ご賞味《しょうみ》いただこうかと思いまして」

「そのことなら、よいと申しておろう。わしは町人の娘に興味はないのだ」

「さようでございますか。大西様には気に入っていただけるかと思いましたが、興味がおありにならないのでしたら、いらぬ世話でございました。では、こちらをお納めください」

小判を積んだ三方《さんぼう》を差し出された大西は、袱紗《ふくさ》を取り、三百両もの大金に満足して笑みを浮かべた。

「わしが知恵を授けた商売は儲《もう》かっておるようだな」

大西に言われて、文吉はしたたかな笑みを浮かべて頭を下げる。

「おかげさまで、大繁盛でございます」

「うむ。男の扱いに慣れた女郎に飽きた金持ちどもから、もっともっと巻き上げてやれ」

文吉が上目遣《うわめづか》いに言う。

「そうしたいところではございますが、この花菱屋も、そろそろ潮時《しおどき》かと……。お屋敷の普請のほうは、どうなっておりますでしょうか」

「案ずるな。最後の仕上げに入っておる」

「おお、では」

「さよう。藩の下屋敷が完成いたせば、広大な敷地のほとんどは誰も立ち入らぬ森じゃ。その奥深くに花菱屋を移してしまえば、もはや江戸の役人どもに手出しはできぬ。江戸中から生娘《きむすめ》を集めて、稼ぎたいだけ稼げ」

「はい。客の旦那方も、お屋敷の完成を待ちわびております」

「そ奴らから巻き上げた金を使い、わしは筆頭家老にのし上がる。そうなれば、わずか八つにすぎぬ幼君《ようくん》は、わしの意のまま。芦田藩《あしだはん》十万石は、わしの物も同然じゃ」

「そのあかつきには、この文吉をお引き立てくださりますよう……」

「わかっておる。芦田城下にいるやくざ者を追い出し、あとの仕切りはそちにまかせる」

「ははあ。まことにありがとうございます」

悪人面《づら》で頭を下げた文吉が、くつくつと笑った。

大西は長居をせず、金を家来に持たせて花菱屋を出た。

屋根裏から出た小五郎が、大西の正体を突き止めるべく跡をつけていった。

左近はその間、お琴のところにとどまり、小五郎からの知らせを待っていた。

泰徳から、本所と深川で若い女が攫われる事件が多発していることを聞き、

「もしや、おつるも……」

と考えるようになり、必死で娘を捜す相吉のためにも、生きていることを願った。

小五郎が戻ったのは、大西の跡をつけた翌朝のことである。

小五郎の報告は、さすがの左近にとっても、思いもよらぬことだった。

なんの罪もない町娘を攫い、金に糸目をつけぬ客どもの慰《なぐさ》み者《もの》にするなど、断じて許せぬことだ。

しかも、やくざ者を操《あやつ》り、大金を得ようとたくらむ者が、摂津《せっつ》芦田藩松山《まつやま》家の江戸家老、大西兼保《けんもつ》と聞いては、左近の憤《いきどお》りも尋常ではない。

左近は厳しい顔で小五郎に言う。

「芦田藩は昨年先代が病没し、幼い若君に家督《かとく》の相続が許されたばかり。お家騒動を咎《とが》められ、減封《げんぽう》のうえ芦田へ領地替えとなり、江戸の屋敷も替えられたのだ。本所の下屋敷の新築は、藩の財政を圧迫するものであるが、これは公儀が科した罰のようなもの……芦田藩の筆頭家老は、幼君を助け、藩の立て直しに躍起《やっき》になっている。それを助けもせず、己の欲のために悪事を働くとは、松山家の膿《うみ》は出きってはおらなんだようだ」

「いかがいたしますか」

「民を苦しめる大西を、許すわけにはいかぬ」

板塀の外でおよねの声がした。夫婦喧嘩をしているのか、権八と何やら言い合っている。

忍《しの》び装束《しょうぞく》をまとっている小五郎が頭を下げ、姿を隠した。

夫婦の声が近づき、権八が裏木戸から庭に入ってきた。

およねが袖を引っ張る。

「ちょいとお待ちったら」

「うるせぇ！　相吉が助けてくれと言ってるんだ。一両ぐれぇで、ぐだぐだぬかすな。それでもおれの女房か、てめぇは」

「相吉さんは何に使うのかって訊いてるだけじゃないか。おつるちゃんのことがあったから、自棄《やけ》になって博打《ばくち》でもしてるんじゃないだろうね」

「いいから黙ってろ！」

袖をつかむ手を振り払ってきびすを返した権八が、廊下に左近がいたので驚いて背を反《そ》らした。

「うわっ、びっくりした。旦那、こんなに寒いのに庭で酒ですかい」

「何を揉《も》めているのだ」

左近が訊くと、権八が手をぱんと打ち鳴らす。

「左近の旦那、黙って一両ほど貸していただけねぇでしょうか」

すると、およねが止めた。

「左近様、渡しちゃいけませんよ。何に使うかわかったもんじゃないんですから」

「おめぇは黙ってろってんだ」

騒ぎを聞いて台所から来たお琴が、何ごとかと問うと、権八がお琴にも手を合わせて頼んだ。

「おかみさん、相吉のために、一両ほど貸しておくんなさい」

お琴が左近と目を見合わせ、権八に訊く。

「それは構わないけど……左近様にまで頼むなんて、いったい全部でいくら必要なの」

権八が襟首《えりくび》をなでながら、申しわけなさそうに言う。

「それがおかみさん、相吉が言うには、どうしても十両はいるらしいんで」

「大金ね。何に使うのかしら」

「…………」

押し黙る権八に、左近が口を挟む。

「言えぬようなことに使う金ならば、出せぬぞ」

権八がぎょっとした。

「そこを曲げてお願いしますよ。詳しいことはあっしも知らないんですが、真面目な相吉が言うことですから、自棄になって博打に投げ打つようなことはないと思いやす。よほどのことがあるにちげぇねぇんで、黙って助けてやるのが友達ってもんじゃねぇかと思い、こうしてお願いに」

手を合わせる権八に、およねは不安そうな顔をする。

「真面目だから心配なんだよ。友達なら、どうして理由を訊かないのかね」

「言いたくないから言わないものを、無理に訊けるかよ」

開き直る権八の様子を見て、左近が言う。

「権八殿、ほんとうは理由を知っているのだな」

「えっ」

「顔にそう書いてあるぞ」

すると権八が慌てて顔を拭《ふ》いたので、およねが月代をぺしりとたたいた。

「馬鹿だね、お前さんは。やっぱりあたしの思ったとおりだ。どうせろくなことに使う金じゃないんだろう。博打じゃないなら、女かい」

権八の目が泳いだので、およねが目を見張る。

「女なんだね。女郎屋の女にでも、のぼせてるんだろう」

「い、いや、その」

「呆《あき》れた。あんなことがあったばかりで寂しいのはわかるけど、女郎屋に通いつめているなんて」

「そうじゃあねえ。そうじゃあねぇんだ」

権八が悲痛な面持《おもも》ちで言う。

「実のところを言うとよ、おつるちゃんに似た女を、深川の女郎屋が並ぶ町で見た者がいるらしいんだ。相吉はその町へ出て、おつるちゃんがいそうな見世を探り当てたんだが、見世に入るには、十両はなきゃ入れないというんで、金をかき集めているんだ」

「いるかいないか確かじゃないのに、大金を払って入ろうってのかい」

「確かじゃないから、入って捜そうとしているんだ。おれが相吉でもそうするさ。娘を捜す親ってのは、そういうもんじゃないのか」

「そ、そりゃそうかもしれないけど、それならそうと、隠さずに言えばいいじゃないか」

「馬鹿野郎！　相吉の身にもなってみろ。娘が女郎屋にいるかもしれないなんて言えるもんか。このことは誰にも言うんじゃねぇぞ。わかったな」

「わ、わかったよ」

権八の剣幕に、およねは口を閉じた。

左近が権八に訊く。

「その見世の名は」

「確か、花菱屋と言っていたな」

「花菱屋」

左近は、物陰に潜《ひそ》んでいる小五郎に目配せをした。

応じた小五郎が、花菱屋に向かう。

左近は権八に言った。

「花菱屋に関わる者は、相吉の手に負える相手ではない。あとは、おれにまかせてくれ」

「旦那、花菱屋に行かれたことがあるんで？」

「ない」

左近が即答したので、権八ががくっと片膝《かたひざ》を落とした。

「悪い噂《うわさ》を聞いたことがあるだけだ」

「さいでしたか。ほんとうに、手を貸していただけるんで」

左近がうなずくと、権八がぱっと明るい顔をした。

「こいつは千人力だ。それじゃあっしは、相吉におとなしく待つように言います。旦那、恩に着やす」

権八は拝《おが》むように手を合わせて、相吉の家に行くと言って、庭から駆け出た。

およねが左近に頭を下げる。

「左近様、よろしくお願いします。うちの人ったら、おつるちゃんがいなくなってからというもの、自分の身に起きたことのようにふさぎ込んじゃって、仕事も手につかなかったんですよ」

左近はうなずき、ぼそりとつぶやく。

「場所が場所だけに、まだ安心はできぬ。おつるが無事でいてくれるといいのだが」

この時左近は、胸騒ぎがしてならなかったのだ。

五

左近の命を受けた小五郎は、疑われぬよう大店《おおだな》の主人に化けて花菱屋に行き、

「噂で聞いたのだが、これで遊ばせてくれ」

応対した見世の者に、二十五両もの大金を見せた。

警戒を解かぬ見世の者が、

「どなた様のご紹介でしょう」

探るような目を向けながら訊く。

「それは言わぬ約束なのだ」

小五郎が言うと、見世の者は納得した。実は、これが合図なのである。

小五郎は花菱屋の屋根裏に潜んでいた時、このやりとりを耳にしていたのだ。

「かしこまりました」

警戒を解いた見世の者が、小五郎を案内した。

狭い廊下を歩んで連れていかれた場所は、板戸が閉《た》てられた部屋の前である。

中に人がいるらしく、明かりが漏れていた。

見世の者が板戸の小窓を開けて、小五郎にのぞくよう促した。

「ただ今、三人ほど控えております。お好きなのをお選びください」

薄笑いを浮かべて言う見世の者に応じて、小五郎は中をのぞいた。

攫われたままの姿なのだろう。小袖《こそで》や振袖《ふりそで》を着た町娘が、蠟燭《ろうそく》の明かりの中で身を寄せ合っている。のぞき窓から顔を見られぬようにしているので、おつるがいるのかはわからない。

小五郎は見世の者に言う。

「そうだな、あの娘がいい」

「どの子です？」

小五郎はのぞき窓から離れて、中を示した。

見世の者は、確かめるためにのぞき窓に顔を近づける。

「ほら、あの子だ」

小五郎はすかさず、後頭部の急所《しゆとう》を手刀で打った。

気を失ってくずおれる男をつかんで肩に担ぎ上げた小五郎は、心張《しんば》り棒《ぼう》をはずすと板戸を開けて中に入った。

女たちが恐怖に満ちた顔を向けるので、小五郎は指を唇《くちびる》に当てて静かにするよう合図する。そして、男を下ろして戸を閉めた。

すがるような目をした女たちの中に、おつるはいなかった。

それでも、女たちをこのまま放ってはおけぬ。

「お前さんたちは、攫われてきたのだな」

「はい」

「助けてください」

「わかった。その前に教えてくれ。ここに、おつるという名の娘はいないか。お前さんたちと同じほどの年頃で、色白の頬《ほお》がぽっちゃりした子なんだが」

すると、一人が答えた。

「います。でも……」

女は、おつるのことを教えてくれた。

おつるは生きている。

希望を持った小五郎は、他にも攫われた者がいるのか訊いた。

女は言う。

「あと十人はいますが、みんな連れていかれました」

「どこに」

女は指を上に向けた。客を取らされているのだ。

うなずいた小五郎は、見世の男を縛り上げて部屋に閉じ込め、女たちを連れて裏庭に出た。

廊下を歩む足音がしたので身を潜めて待ち構え、心張り棒の一撃で倒す。

気絶した男を床下に蹴り込んだ小五郎は、女たちを裏木戸に連れていき戸を開けた。

すると、かえでが顔をのぞかせた。

「この者たちを頼む」

「はい」

小五郎の命に応じたかえでが、女たちを連れて裏路地を歩み、人気《ひとけ》のない道を選んで逃げた。

戻った小五郎は、闇に紛《まぎ》れて廊下を進み、見世の者を見つけては次々と倒して縛り上げていった。酒に酔った二人の用心棒が気づいたものの、甲州《こうしゅう》忍者を束《たば》ねる小五郎に敵《かな》うはずもない。

難なく打ち倒し、小五郎はたった一人で花菱屋を制圧した。

二階にいた客たちも、素っ裸のまま縛り上げた。

見逃してくれと頼む客には、

「いずれ役人が来る。覚悟しな」

そう言って脅《おど》し、ひどい目に遭わされていた女たちに着物を着させて逃がした。

残るは、おつるだけだ。

小五郎は縛り上げている男の前に行き、用心棒から奪った大刀の刃《やいば》を首に近づける。

男が顔を引きつらせた。

「た、助けてくれ。わたしは、雇われているだけだ」

「知っているさ。おつるという娘のところへ案内しろ。言わぬなら、お前の首を斬ってから自分で捜す」

「案内しますから、お許しを」

小五郎は男を立たせ、背中を押した。

帳場から中庭に出た男は、向かいの建物に渡り、廊下を奥へと進む。

「こ、ここにおります」

小五郎は男が示す部屋の板戸を開けた。月明かりも入らぬかび臭《くさ》い部屋に敷かれた布団の中で、おつるは息を荒くして横たわっている。

汚物の臭いが鼻をついた。

相吉と店に来て、明るく笑っていたおつるの面影《おもかげ》はなくなっている。

怒りに震える小五郎は、男を殴って気絶させ、部屋に押し込んだ。

小五郎は、おつるを抱きかかえた。

身体は痩《や》せ細り、大人とは思えぬほど軽い。

「もう大丈夫だ。おとっつぁんが待っているぞ」

そう声をかけると、おつるは目を開け、消え入るような声で訊いた。

「け、健太さんは、無事ですか」

「安心しろ。無事だ」

小五郎は咄嗟に嘘をついた。おつるに生きる希望を持たせようとしたのだ。

おつるは何かを言おうとして目を閉じた。気を失ったのだ。

小五郎は外に駆け出て、岩城道場へ走った。

出迎えた泰徳は、左近たちが捜していた娘だと知り、すぐさま部屋に通してくれた。

小五郎は泰徳におつるを託し、

「東洋《とうよう》先生と父親を呼んでまいります」

すぐさま夜の町へと駆け出た。

お琴の家にいた左近のもとへ、小五郎の配下が現れたのは、真夜中だった。

おつるが岩城道場にいると知り、左近は安堵したのだが、配下の忍びから重い病だと告げられ、急いで大川を渡った。

左近が岩城道場に到着した時には、すでに西川《にしかわ》東洋が来ており、おつるの脈を取っていた。

相吉と権八も来ていて、心配そうに見守っている。

権八が左近に気づいて、悲痛な表情で頭を下げた。

左近も応じて座り、東洋に訊く。

「どうなのだ」

東洋は、左近を外に促した。

左近が廊下に出ると、東洋は難しい顔を横に振る。

「風邪《かぜ》をこじらせて、肺を悪くしております。薬も飲ませてもらえなかったのでしょう」

左近は、外に控えている小五郎に訊く。

「おつるは、攫われたのか」

「先ほど一度目をさました時に、そう申しておりました。健太と二人で帰っている時に襲われたそうです。おつるには、健太は生きていると申しました」

「それでよい」

左近が言った時、中から相吉の声がした。

「おつる、おつる！　先生！」

東洋が急いで入るのに、左近も続く。

すると、おつるが目を開けていた。

「お、おとっつぁん」

「おう、ここにいるぞ」

相吉が手をにぎると、おつるが目を向けた。

「け、健太さんは、どこ」

涙をこらえて、相吉は答えた。

「健太の奴は、もうすぐ来るぞ。だから頑張れ。な、おつる」

おつるは相吉に何か言おうとしたのだが、がくりと首が落ちた。

「おつる？　おつる！」

相吉は娘の身体を揺すったのだが、おつるは目を開けなかった。その目尻から、一筋の涙が流れる。

「おつる!」

火がついたように叫び、相吉は娘を抱きしめながら泣いた。そして、怒りに満ちた顔を左近に向ける。

「旦那、あっしに力を貸してください。あっしに娘の仇《かたき》を討たせてください。お願《ねげ》えします」

相吉は、左近を浪人と信じて頼んでいるのだ。

だが、左近は首を横に振る。

「気持ちはわかるが、人を殺《あや》めれば、おぬしにも咎めがある。ここは、お上の裁《さば》きにまかせろ」

「可愛い娘と健太を殺されたんだ。それじゃあ気が治《おさ》まらねぇ」

怒りをぶつける相吉であったが、権八が止めた。

「おめえがいなくなっちまったら、誰がおつるちゃんと健太の弔《とむら》いをするんだ」

相吉は悔しさに拳《こぶし》を震わせたが、腕の中で眠るおつるを抱きしめて、むせび泣いた。

左近は静かに立ち上がる。

それを見て泰徳も立ち上がったが、左近は手で制した。

「相吉を頼む」

そう告げると、左近は小五郎を伴《ともな》い、岩城道場を出た。

六

「文吉、どうじゃ、見事であろう」

完成した下屋敷の森に隠された建物は、部屋の柱は朱色《しゅいろ》に塗られ、襖絵《ふすまえ》も欲情をかき立てる春画《しゅんが》が描かれ、その出来栄《できば》えは文吉の目を見張らせるばかりだった。

「大西様……実に見事でございます。これならば、客も喜びましょう」

うむ、とうなずいた大西が、険しい顔で問う。

「ところで、花菱屋に町方の役人どもが押し込んだらしいの」

「なぁに、残していたおなごはわずか。しかも、たいしたことのない者ばかりですので、商売に支障はきたしませぬよ。捕らえられた店の者どもも、牢屋敷《ろうやしき》で急死する手はずになってございます」

「ふ、ふふふ。おぬしも相当な悪《わる》よの」

「お褒《ほ》めくださり、ありがとうございます。芦田でも、うまくやらせていただきます」

「あまり民を痛めつけぬようにな。生かさず殺さず搾《しぼ》り取るのじゃぞ」

「今から楽しみでございます。今日は、お屋敷の完成祝いを持ってまいりました」

文吉が言うと、廊下に控えていた子分が部屋に入り、大西の前に小判を置いた。

「五百両か」

「こちらで稼がせていただくからには、この十倍はお渡しできるよう励みまする」

大西は満足そうな笑みを浮かべ、小判を引き寄せながら訊く。

「女どもは連れてきたのか」

「はい」

「おぬしが選《え》りすぐった女がいかがなものか、わしが見てやろう。皆、裸にして、これへ連れてまいれ」

「かしこまりました」

文吉がほくそ笑み、子分に顔を向ける。

「おう、女どもを連れてこい」

「へい」

応じた子分が、庭にいる別の子分に命じる。すると、縄で繋《つな》がれた女たちが連れてこられた。

「この者たちは、まだ客を取らせていない生娘ばかりでございます」

文吉が言い、子分に顔を向ける。

「裸にしろ」

「へぇい」

応じた子分が、舌なめずりしながら女につかみかかろうとした時、風を切って飛んできた扇子《せんす》が額《ひたい》に当たった。

「うおっ」

子分が痛みに声をあげて下がったところへ、左近が歩み出る。

「だ、誰だ、てめぇ」

子分が刃物を抜いたので、女たちが悲鳴をあげた。

「野郎！」

切っ先を向けて突きかかった子分の手首を左近が手刀で打ち、当て身を入れる。

両手で腹を押さえた子分が両膝をつき、頭から突っ伏した。

「おのれ、何奴じゃ！」

声を荒らげる大西に、左近が答える。

「黙れ。摂津芦田藩江戸家老、大西兼保。「そのほうの悪事、決して許さぬ」

「何をこしゃくな。名を名乗れい！」

「新見左近」

一歩前に出る左近の気迫に押された大西が、文吉の後ろに隠れた。

やくざの親分である文吉は肝《きも》が据《す》わっている。左近に鋭い眼差しを向けながら廊下に出た。

「素浪人が大名屋敷に入るとは、いい度胸だ。野郎ども！」

文吉の大声に応じて、刀を持った子分と大西の家臣たちが現れ、左近を囲んだ。

「曲者《くせもの》を斬れ。斬って捨てい！」

大西の命に応じて、一人の家臣が斬りかかる。

安綱を抜刀《ばっとう》した左近が、片手で相手の刀を弾《はじ》き上げた。家臣はその剛剣に目を見張り、後ずさる。

左近は油断なく皆を見回して告げる。

「良心ある者は去れ。悪に与《くみ》する者は、葵一刀流《あおいいっとうりゅう》が斬る」

戸惑う家臣どもに、大西が大声をあげる。

「何をしておる、斬れ！」

「おおっ！」

斬りかかる侍の刃をかわした左近は、その者の背中を浅く斬る。

激痛にのけ反《ぞ》った侍が、悲鳴をあげて倒れた。

「おのれ！」

別の家臣が大上段から打ち下ろす一撃をかわした左近が、小手を打ち、手首を切断する。

「ぎゃあああっ」

激痛に転げ回る家臣を見て、文吉の子分たちは顔を引きつらせる。だが文吉が刀を抜いて庭に下りると、子分たちは左近を取り囲んだ。

文吉が左近に切っ先を向け、腰を低くして構えると、子分たちも倣《なら》った。

「死んでいただきやしょう」

文吉の目が鋭くなる。

一拍の間を置いて、やくざどもが一斉に突進した。

左近は対峙《たいじ》していた文吉に向かって跳び、突き出された刀を受け流して駆け抜ける。それは一瞬のことだった。

「うおっ……」

呻いたのは文吉だ。左近が目の前から消えたと思った刹那《せつな》、突進してきた子分たちの刀が身体を貫《つらぬ》いたのである。

「親分！」

刺してしまった子分たちが動揺する。

「ば、馬鹿野郎……」

文吉は声を絞《しぼ》り出すと、身体中に刀を突き入れられたまま絶命した。

腰が抜けた子分たちは、悲鳴をあげて逃げはじめた。

その目の前に現れた小五郎が、煙玉《けむりだま》を投げつける。

爆発の音と煙に驚いた子分たちが、小五郎と配下の忍びたちによって次々と打ち倒されていく。

一人残った大西が、左近に恐怖の目を向けて後ずさる。

「待て、待ってくれ。悪いことをした。このとおりあやまる。金も、ほれ、持っていけ」

言いながら、小判を左近の前に放り投げた。

左近は大西を睨《にら》む。

「貴様の悪事の数々、すでに筆頭家老の耳に入れてある。厳しい沙汰《さた》があると覚悟いたせ」

「馬鹿な、あり得ぬ」

言った大西が、怪訝《けげん》な顔をした。

「葵一刀流と申したが、貴様、何者だ」

「甲府藩主、徳川綱豊である」

「なっ！　ここ、甲州様じゃと」

「いかにも」

左近は安綱を顔の前に掲《かか》げた。

金鎺《きんはばき》に刻《きざ》まれた葵《あおい》の御紋《ごもん》を見た大西が、愕然として両膝をつき、うな垂れた。

安綱を鞘《さや》に納め、左近は背を向けた。

それを見上げた往生際《おうじょうぎわ》の悪い大西が刀を抜いた。

「おのれ！」

殺気に応じた左近が、振り向きざまに安綱を抜刀して、鋭く払う。

「うおっ」

左近を斬り殺さんと刀を振り上げていた大西が、腹を斬られ、呻き声をあげて倒れた。

這《は》って逃げようとした大西が、目を開けたまま息絶《いきた》える。

罪もない若者の命を奪った大西を見下ろし、左近はふたたび安綱を納め、長い息を吐いた。

※

「健太、おつるを頼む。二人とも、あの世で仲よくするんだぜ」

おつると健太が並んで眠る墓に参った相吉は、成仏《じようぶつ》することを願って念仏を唱《とな》えた。

神妙な顔で手を合わせていた権八が、目を開けて相吉に言う。

「心配はいらねぇよ。健太とおつるちゃんは、あの世で夫婦になっているさ。そうでしょ、左近の旦那」

横で手を合わせていた左近が、目を開けてうなずく。

その左近に、相吉が改めて頭を下げる。

「旦那、仇を取ってくださり、ありがとうございました。旦那に止めていただいたおかげで、こうして墓を建ててやることができました」

「すまなかった」

左近が詫びるので、相吉は驚いた。

「旦那、どうしてあやまるんです」

「江戸に悪をはびこらせていなければ、おつると健太は死なずにすんだのだ。民の手本となるべき武家が絡んでいたことは、痛恨の極み。罪を犯《おか》す者がおらぬ世の中にしなければならぬ立場にあるというのに、情けないことだ」

「そ、そりゃそうでございましょうが、旦那に罪はございませんから、あやまらないでおくんなさい」

相吉が言うと、権八が続いた。

「そうそう。左近の旦那は、これまで大勢の悪人を成敗してきなすったじゃないですか。悪いのは、悪人をのさばらせているお上だ。旦那はあやまっちゃいけませんよ。相吉が困ってますよ」

左近は何も言わず、おつると健太の墓にふたたび手を合わせ、胸の内で詫びた。

尽きることのない欲望に突き動かされる者がいる限り、この世から悪人を消すのは難しいだろう。

だが、減らすことはできるはず。

近頃の左近は、どうすれば犯罪を減らすことができるのか、そればかりを考えるようになっていた。

難しい顔をして帰る左近の様子を見て、権八が感心したように口を開く。

「前から立派な人だとは思っていたが、今日の旦那は、なんだか公方《くぼう》様みてぇだな……ま、それはないか」

第二話　泰徳《やすのり》の雪辱《せつじょく》

一

江戸の海から吹いてくる風が、舟に乗る侍たちの裁《た》っ着《つ》け袴《ばかま》をなびかせた。金鉢《かなはち》巻《ま》きに着物を襷《たすき》がけにしている侍たちは、江戸の川を守る船手番所《ふなてばんしょ》の水主《かこ》同心《どうしん》である。

闇に紛《まぎ》れて荷を運び、川税をごまかそうとする荷船や、ご禁制の品を江戸市中に持ち込んでひと儲《もう》けをたくらむ悪人を取り締まるのが、主な役目だ。

川面《かわも》を這《は》う川風が身に染みる季節になり、ことに夜は冷え込む。

船手番所水主同心、川根《かわね》九郎《くろう》が乗る舟は、大川の河口近くに潜《ひそ》んで、夜陰《やいん》に紛れて川をのぼる舟を見張っていた。

夜も更《ふ》けたので、上役が一旦舟を下りようと言った。

「今宵《こよい》は何もなさそうだ。蕎麦《そば》でも食べて、身体を温めようではないか」

「それがようございます」

同輩の同心が賛同したので、九郎もうなずく。

「決まりだ。行くぞ」

上役が寒い寒いと言いながら舟を下り、河岸《かし》の石段を上がって、屋台蕎麦の親父に熱いのを注文した。

九郎も注文し、熱々の蕎麦をすすった。

夜目が利く上役は、蕎麦を食べるあいだも川岸に立ち、大川に目を光らせている。その上役が、

「おや」

と言い、箸《はし》を止めた。

「おい、舟がのぼってゆくぞ」

上役はそう言うが、同心たちは首をかしげている。

「見えませんよ」

「わたしには見える。行くぞ」

上役はどんぶりを屋台に返して、石段を駆け下りた。

九郎たちは慌《あわ》ててあとを追い、二艘《そう》の舟に分かれて飛び乗る。

同心が船着場を蹴って舟を岸から離すと、漕《こ》ぎ手《て》が櫓《ろ》を操《あやつ》った。

船手番所の舟はすぐさま速度を増し、大川をのぼってゆく。

するとと上役が言ったとおり、前方に二艘の舟が現れた。舟灯《ふなあか》りも消して進む舟は、いかにも怪《あや》しい。

「急げ！」

九郎の前に立つ上役が、小さいながらも気合の籠《こ》もった声で漕ぎ手に命じる。

上役は九郎にも命じた。

「龕灯《がんどう》の明かりが漏れぬよう気をつけろ。合図したら一斉に照らせ」

「はは」

九郎は言われたとおり、船底に伏せている龕灯が倒れぬよう持ち手をにぎった。

舟は速度を増し、怪しい舟に近づいていく。

「今だ！　照らせ！」

命じられて九郎は龕灯を持ち上げた。同時に上役が叫ぶ。

「船手番所だ。その舟を検《あらた》める。速《すみ》やかに止まれ！」

明かりで照らす舟の船頭が振り向き、慌てた様子で櫓を漕ぐ手を速めた。

「おい！　逃げられると思うな！　どこまでも追っていくぞ！」

上役が叫び、漕ぎ手に命じる。

「舟を横付けしろ。各々《おのおの》、舟に乗り移る支度を」

「おう」

同心たちは鉤縄《かぎなわ》を取り出した。もう一艘も、別の荷船に追いついていく。

九郎が乗る舟は右側にいる舟に近づき、左に並走した。

上役が手を振って合図すると、同心たちが鉤縄を投げて船縁《ふなべり》にかけ、力ずくで引き寄せた。

もう少しで接舷《せつげん》する。

上役が跳び移る構えを取ったその時、筵《むしろ》を蹴り上げた曲者《くせもの》が立ち上がり、抜刀《ばっとう》して縄を斬った。

力まかせに引いていた同心たちが、尻餅《しりもち》をつく。

そこへ、黒い怪鳥《けちょう》のごとく跳び移ってきた曲者が、刀を振るった。

ほぼ一瞬で、二人が斬り倒された。

「おのれ！」

上役が抜刀して斬りかかったが、曲者は一撃を受け止めると同時に、腹に膝蹴《ひざげ》りを入れた。

強烈な膝蹴りで呻《うめ》き声をあげた上役は、首に刃《やいば》を当てられ、押し斬られた。

血飛沫《ちしぶき》が船上に噴き上がり、上役は墨《すみ》を流したような大川に蹴り落とされた。

漕ぎ手は腰を抜かし、頭を抱えて悲鳴をあげている。

九郎は抜刀して、相手に切っ先を向けた。

「やあっ！」

気合と共に斬りかかったが、一撃をかわされてかすりもしない。

返す刀で斬り上げようとした時、腕に激痛が走った。

先手を取られたのだ。

右の二の腕を深々と斬られた九郎は、漕ぎ手の前に尻餅をつき、左手でにぎった刀を横にして防御の姿勢を取る。

曲者は切っ先を向け、九郎を突いてとどめを刺そうとしたのだが、急に刀を下げた。

覆面をした曲者は、恐怖に満ちた顔をして動けぬ九郎を見て、鼻先で笑う。

「ふん、その程度か」

そう言うと、さっときびすを返して舟の舳先《へさき》を蹴り跳び、怪鳥のごとく仲間の舟に行くや、乗り移っていた同輩たちを襲った。

斬り合いの怒号《どごう》と悲鳴が大川に響く。

九郎はうずくまっている漕ぎ手をつかんで、舟を漕ぐよう命じようとしたのだが、出血により気を失ってしまった。

二

岩城泰徳は門弟から、川根九郎が大怪我《おおけが》をして家で臥《ふ》せていると聞き、尋ね返した。

「どのような怪我なのだ。斬られたのか」

「はい。お役目の最中に不覚を取ったと聞いております」

門弟が言うので、泰徳は舌打ちをした。

「すぐに見舞う」

稽古《けいこ》を師範代にまかせ、奥へ戻った泰徳は、お滝に見舞金を用意させて道場を出た。

代々、船手番所水主同心の川根家を継いで二年になる九郎は、次男坊だったので長男とは別の道場に通わされ、八つの時に岩城道場へ弟子入りした。

以来、十五年。

家督《かとく》を継ぐまではほとんど毎日通っていたが、剣の才には恵まれず、数年のうちは弟弟子にも平気で打ち負かされていた。

それでも生真面目《きまじめ》な九郎は稽古に励《はげ》み、百名を超す門弟の中で、番付が二十以内に入るまでに上達していた。

その九郎が斬られるとは、相手はかなりの遣《つか》い手《て》。

そう思いつつ、泰徳は大川を西に渡り、船手番所水主同心の役宅が並ぶ北新堀《きたしんぼり》町《ちょう》へ行った。

「いや、これは先生。わざわざありがとうございます。面目次第もございませぬ」

昨夜のことだけに、腕に巻かれた晒《さらし》には血がにじみ、熱があるという。

起き上がろうとしたので、押さえつけるようにして横にさせた泰徳は、枕元に見舞金を置いた。

「些少《さしょう》だが、治療代の足しにしてくれ」

「おそれいりまする」

九郎は申しわけなさそうに言い、ため息をついた。

暗い顔をする九郎に、泰徳が言う。

「命があってよかった。襲った者は捕らえられたのか」

九郎がかぶりを振る。その目には悔し涙がにじんでいた。

「逃げられたのか」

「上役も同輩も、皆殺しにされました」

「なんと……」

「残ったのは、わたしと漕ぎ手の二人だけです。今朝も、相手を見ておらぬとは何ごとかと、お船手頭《ふなてがしら》に叱《しか》られました。腕を斬られて腰が抜けたのです。怖くて動けなかった」

九郎は泰徳に背を向けた。夜着《よぎ》を被《かぶ》り、声を殺して泣いている。

仲間を目の前で殺され、不覚にも気を失ったことは、漕ぎ手が隠さず上役に話していた。たった一人で死地を抜け出し、九郎を助けたことで、小者で刀を持たぬ漕ぎ手は称賛《しょうさん》されている。

いっぽうの九郎は、切腹を覚悟していた。

だが、泰徳がいるあいだに訪れた与力《よりき》の幸田源八郎《こうだげんぱちろう》は、

「切腹? 馬鹿を申せ。お頭《かしら》がそのようなことをさせるものか。九郎、早う傷を治して、皆の仇《かたき》を取れ」

と励ました。

幸田が誰かと問う顔を向けるので、泰徳は名乗った。

泰徳が九郎の剣の師匠だと知った幸田が、目を見開く。

「これはご無礼を。戦国伝来の剛剣である甲斐無限流の達人にお目にかかることができ、光栄に存じまする」

年下の泰徳に対して敬意を示す幸田の人柄に、泰徳は好感を抱《いだ》いた。

「こたびの一件、下手人《げしゅにん》の見当はついているのですか」

泰徳が訊《き》くと、幸田が厳しい顔で答える。

「舟が海側から川をのぼってまいりましたので、おそらく抜け荷をする者の仕業《しわざ》かと……。我らに見つかることを想定して、凄腕《すごうで》の用心棒を雇い、逃れる支度を整えていたとしか思えませぬ」

九郎から曲者に襲われた時の話を聞いていた泰徳は、幸田が言ったことに納得した。

「相手は手強そうですね。抜け荷をしているとなれば、こたびが初めてではないのでは」

「そうかもしれませぬ。これを機に、お頭は舟を増やして取り締まりを厳しくされるおつもりでございますので、船手番所の威信にかけて、悪人どもを捕らえてみせます。そのためにも九郎、一日も早く治して出仕《しゅっし》しろ。皆の仇を取るのだ」

「はい」

九郎が決意を込めた目で応じたので、泰徳は安堵《あんど》した。

「では、それがしはこれで」

泰徳が言って立ち上がると、横になっている九郎にかわって幸田が頭を下げた。

九郎の両親に見送られて役宅を出た泰徳は、渡し舟に乗るべく川岸に向かって歩んだ。

大通りから荷車が曲がってきたので、泰徳は路地の端に寄って道を空けた。

前を通る荷車には、昨夜命を落とした九郎の同輩の骸《むくろ》が乗せられていた。付き添うのは、若い妻だった。幼《おさな》い子を抱いている。

泰徳は気の毒に思い、静かに手を合わせた。

妻が頭を下げ、静々と役宅に帰っていく。

大通りに出て川岸に行くと、船手番所の前に人が集まっていた。

同心や小者たちが、厳しい表情で黙々と支度を整えている。

今夜から、川の取り締まりが強化されるのだ。

川岸には船蔵から引き出された何十艘という舟が集まり、漕ぎ手たちが忙しく動き回っている。

これでは抜け荷どころか、吉原《よしわら》遊びに出かけるのもひと苦労だろう。

泰徳は船手頭の本気を目の当《ま》たりにして、頼もしく思いつつ道場に帰った。

ところがこの十日後、またしても川破りの者によって、大勢の同心が命を落とした。

生き残った漕ぎ手の話では、夜中に怪しい舟が大川に入ってきたのを見つけて四艘が追い、舟を止めた。

二艘の舟に乗る者はおとなしく従い、役人の移乗《いじょう》を許した。

荷を検めようとしたところまでは何ごとも起きなかったのだが、突如《とつじょ》襲われ、隙《すき》を突かれた同心たちは、抗《あらが》う間もなく斬られてしまった。

実に、十人が命を落としたのである。

見舞いの礼で訪ねてきた九郎から話を聞いた泰徳は、

「仇を討ちたいだろうが、その身体で無理をしてはならぬぞ」

床払《とこばら》いをしても、まだ腕を吊っている九郎を案じた。

九郎は沈んだ顔で頭を下げた。

「少しでも皆さんのお役に立てるよう、番所に詰めようと思います」

雑用をしてでも、力になりたいと言う。

泰徳はうなずき、役目に励めと言って見送った。

その泰徳に思わぬ客が訪れたのは、九郎が来た翌日の朝だった。

稽古をはじめる支度をしているところに、お滝が顔を出し来客を告げる。

「安田《やすだ》様と名乗られるお方がお見えです」

「はて、知らぬ名だな。どのような御仁《ごじん》だ」

「着流し姿ですが、おそらく身分のあるお方ではないかと」

左近の使いの者かと思った泰徳は、客間に通すように言い、稽古の指図を終えてから会いに行った。

見知らぬ中年の侍に、泰徳が頭を下げる。

「お待たせいたしました」

すると、侍は気さくに応じた。

「突然の無礼をお許し願いたい。拙者、船手頭の安田でござる」

船手頭の安田讃岐守《さぬきのかみ》本人と知り、泰徳は驚いた。

「これは、知らぬこととはいえご無礼を」

「突然まいった拙者のほうが無礼というもの。お許しいただきたい」

一介《いっかい》の町道場主にすぎぬ泰徳に深々と頭を下げる安田の態度を見て、与力の幸田の腰が低いのも納得がいく。

九郎はよい上役のもとで働いているものだと、泰徳は思った。

安田が言う。

「さっそくだが、先生にお願いしたきことがござる」

「先生はおやめください」

「岩城殿のお噂《うわさ》は、川根から聞いております。どうか、そのお力を我らにお貸しいただきたい」

泰徳は安田と目を合わせた。

「……それがしに、舟に乗れと仰《おお》せか」

「いかにも。川に現れる怪物を倒せる者は、我が配下にはおりませぬ。これ以上の死者を出さぬためにも、甲斐無限流の達人である岩城殿のお力をお貸しいただきたい。これは前金でござる。どうか、助太刀《すけだち》をしていただけませぬか」

助太刀を頼むのに、船手頭自らおもむいて頭を下げ、五十両もの大金を差し出されては、泰徳も苦笑いをせずにはいられない。

泰徳は包金《つつみがね》を押し返した。

「承知しました。お力になりましょう」

「おお、受けてくださるか。これで死者が出ずにすむ。さっそくだが、今夜からお願いできますか」

「わかりました」

「では、迎えを来させますので、よしなに頼みます。これは、是非ともお納《おさ》めくだされ」

安田は五十両を押しつけ、安堵して帰っていった。

見送りをして部屋に戻った泰徳は、紫の袱紗《ふくさ》の上に置かれた小判の前に座っている父の雪斎《せっさい》に驚いた。

「父上、聞いておられましたか」

「船手頭が大きな声でしゃべるゆえ、この年寄りの耳にも届くわ」

雪斎はそう言って笑い、腕組みをする。

「相手は、かなりの遣い手のようじゃな」

「はい」

「わしも手を貸してやろうか」

「いえ、それには及びませぬ。川の夜風は身体に悪うございます」

「こ奴、病人扱いしおって」

「風邪《かぜ》が治ったばかりではないですか。ぶり返すといけませぬ」

不機嫌な顔をする雪斎であるが、近頃はめっきりと年を取り、身体も弱っている。

泰徳が身体をいたわるのは当然であろう。

そこへ、湯呑《ゆの》みを下げにお滝が入ってきた。小判を見て驚いた顔を向けるので、泰徳が言う。

「船手番所の助太刀をすることになった。これは手間賃だそうだ。いらぬと言うたのだが、置いて帰られた」

「よろしいではありませんか。九郎殿に傷を負わせ、同心方を倒すほどの相手なのですから、少ないくらいです」

雪斎が口を挟む。

「さよう、お滝の申すとおりじゃ。遠慮なくもろうておけ」

「はあ」

泰徳は苦笑いをする。

「いらぬなら、わしがもろうて進ぜよう」

雪斎が小判に手を伸ばしたのだが、お滝が袱紗を引いた。

「これは、お家のために蓄《たくわ》えさせていただきます」

家のためだと言われて、雪斎が笑みを浮かべる。

「わしもそう思うていたところじゃ。お滝が思うようにするがよい」

「はい」

応じたお滝が五十両を折敷《おしき》に載せて下がると、雪斎が泰徳に言う。

「闘いの場は、舟の上となるのか」

「おそらく」

「足場の悪い舟の上となると、甲斐無限流にとっては、いささか不利じゃ。相手がどのような剣を遣うか知らぬが、油断をするでないぞ」

そう忠告する雪斎の目は、真剣なものであった。

だが泰徳の剣は、今や父をも凌《しの》ぐ。

どのような場所であろうと負ける気がしない泰徳は、雪斎の戒《いまし》めの言葉を聞きながらも、九郎に傷を負わせた悪党を倒すことに思いを馳《は》せていた。

三

「先生、ご武運をお祈りします」

舟に乗り込む泰徳に言うのは、九郎だ。

泰徳は心配そうな顔をする弟子に、笑みで応じる。

「案ずるな。必ず悪党どもを倒して戻る」

「はは」

泰徳と同心を乗せた舟が、大川に滑り出す。小雨が降る大川には月明かりもなく、明かりを灯《とも》さぬ舟の頼りは、岸辺の灯籠《とうろう》だけである。

舟は河口に向かう。そして葦《あし》が茂る小さな中洲《なかす》に近づくと、漕ぎ手は巧《たく》みに舟を操り、葦を陰にして隠れた。

これまでの事例から、抜け荷の舟は月が出ていない夜を狙ってやってくる。そうやって、沖合にいる大船から小出しに荷を運んでいるのだ。

一度に運んでいる荷の量から推《お》すと、おそらくそこまで大量にあるとは考えられぬため、悪人どもを捕らえる機会は限られてくる。

ひょっとするとすでに荷は運び尽くされ、今夜は現れぬかもしれないが、それでも船手番所の者たちは綱《あみ》を張り続けた。

怪しい舟が川をのぼりはじめたところで、十艘の舟が取り囲み、泰徳ほか、腕が確かな三名を乗せた舟が突入する手はずになっている。

船手頭からは斬り捨てる許しを得ているだけに、泰徳と同じ舟に乗っている者たちの中には、武者震いをする者もいた。

しかし、いくら待てども怪しい舟は現れない。

短気な同心の小川《おがわ》が、

「まだか」

と苛立《いらだ》ち、葦から首を出してあたりを見回している。

小川、佃田《つくだ》、新山《にいやま》の三人は船手番所の水主同心だが、事件が起きた時は非番で役宅にいたらしく、

「仲間の仇は我らが取りますので、岩城殿は手出し無用にござる」

筆頭の新山から、そう告げられている。

三人の悔しい気持ちを理解した泰徳は、わかったと応じたものの、助っ人としての役目は果たすつもりだ。

——斬り込む三人が命を落とさぬよう助ける。

そう決めて、気を引き締めながら待っていた。

動きがあったのは、夜も更け、町の明かりもほとんど消えて真っ暗闇となった頃だった。

川面の音に聞き耳を立てていた漕ぎ手が、

「舟を漕ぐ音がします」

小声で知らせる。

だが、泰徳たちの耳には何も聞こえなかった。

「ほんとうに音がするのか」

新山が問うと、漕ぎ手が静かにと一同を制しながら、聞き耳を立てる。

「こちらに近づいてきます」

そう言って身を伏せるので、泰徳たちも船底に身を伏せた。

やがて、暗闇の中に櫓を漕ぐ音が近づき、川面を進む舟の水音がする。

泰徳が顔を上げて見ると、舳先に小さな明かりを灯した二艘の荷船が、川上に向かって進んでいる。

「ゆっくり追え」

新山が漕ぎ手に命じた。

漕ぎ手は中洲から舟を離し、追跡をはじめた。

そのあいだにも、荷船は船手番所のそばに近づいていく。

「袋の鼠《ねずみ》だ」

若い佃田が、恨《うら》みを込めてつぶやく。

程なく、近くで網を張っていた船手番所の舟が動いた。

舳先に龕灯《がんどう》を照らした舟が一斉に動き、荷船を取り囲む。行く手を塞《ふさ》がれた荷船が止まるのを見て、新山が漕ぎ手に叫ぶ。

「行け！　荷船の後ろにつけろ！」

漕ぎ手が船足を速めた。

だが、荷船を止めた仲間の同心が、大きく手を振って叫んだ。

「この舟ではない！　下がれ！」

しかし、もう遅い。足の速い舟は急には止まれず、荷船のあいだに滑り込み、縁《へり》がぶつかった。

泰徳が乗る舟が大きく揺れ、佃田が川に落ちそうになって大声をあげたが、なんとか持ちこたえた。

先に荷船に乗り移っていた他の同心が、何ゆえこんな夜中に荷を運ぶのかと問いだしている。

船頭が言うには、急ぎの荷があったのだが、海が荒れていて紀州沖《きしゅうおき》で足止めをされていたので、夕方に江戸に到着し、朝までに荷を届けようと懸命に働いていたらしい。

同心が不機嫌に訊く。

「そこまでして急がねばならぬ荷とは、いったいなんだ」

船頭が腰を低くして答える。

「大奥ご献上の品にございます。十五日の朝までにお届けしなければ、お旗本が大変なことに……。どうか、お通しください」

船頭はそう言って、目録《もくろく》と手形を見せた。

検めた同心が、積み荷を睨《にら》んだ。

大奥献上の品と言われては、下手《へた》に中身を検めることはできぬ。もう一度、目録と手形に目を通した同心が、間違いないと言って返す。

「よし、通れ」

「ははあ」

同心が舟に戻り、荷船が通れるよう場所を空けてやる。

何度も頭を下げた船頭は、漕ぎ手に命じて舟を動かし、川上を目指しはじめた。

船乗りたちの様子を見ていた泰徳は、通る場所を空ける役人の舟を見て、ほくそ笑みながら顔を見合わせる者たちの姿が目に入った。

その者たちはすぐに荷のほうを向いたので一瞬のことだったが、泰徳は確かに見たのである。

「今日は来ぬな」

ということになり、船手番所の舟は引きあげにかかった。気づけば、東の空が明るくなりはじめている。

泰徳が乗る舟も、船手番所に戻るために舳先を回したのだが、

「お待ちを」

泰徳は止めた。

新山が訊く。

「いかがされた」

「簡単に通してよいのですか。荷をちゃんと検めるべきでは」

すると新山が、荷船を見ながら答える。

「手形が本物と判断されたのですから、その必要はないでしょう。下手に手出し

して荷が遅れたとあっては、ただではすみませぬ」

「さよう。大奥の荷ですから、触らぬ神に祟《たた》りなしですよ」

佃田が言ったが、泰徳はどうにも何かが引っかかっていた。

「せめて、行き先だけでも確かめたほうがよろしいのでは。気が乗らぬなら、それがしに舟をお預け願いたい」

新山は、あからさまに迷惑そうな顔をした。

「新山殿、舟が行ってしまう」

泰徳が急かす《せ》と、新山は渋々応じた。

「無駄足だとは思うが、そこまで言われるのでしたらお貸ししましょう。我らは、今夜に備えて休ませていただく」

そう言って岸に着かせると、三人の同心は舟を下りた。

泰徳は漕ぎ手に頼む。

「急いで追ってくれ」

「へい」

快《こころよ》く応じた漕ぎ手が舟を川上に向け、船足を速めて追っていく。

大奥に献上する品であれば、江戸城に続く新堀《しんぼり》に入るはずだが、入らない。

荷船は両国橋を越え、さらに川上を目指した。

ますます怪しいと思った泰徳は、距離を空けて追跡するよう告げた。

幕府の御米蔵《おこめぐら》が左手に見えはじめた頃、前をゆく荷船とすれ違う荷船がいた。

泰徳は気にもとめずに、怪しい舟を見ている。

川をくだってきた荷船が、次第に泰徳の舟に寄せてきたので、漕ぎ手が不満の声をあげた。

「どこを見ているのだ」

このままではぶつかってしまうと言い、舳先を右に向けた。ところが、相手の舟も方向を合わせてくるではないか。

泰徳が鋭い目を向ける。

「気をつけろ。どうやら狙われているようだ」

近づく舟は前方の一艘だけではなかった。漕ぎ手に注意を促《うなが》して振り向いた泰徳は、追ってくる舟がいることに気がついたのだ。舳先に編笠《あみがさ》を着けた浪人風の男が立っており、明らかに船手番所の舟ではない。

「先生、岸に着けます」

危険を察知した漕ぎ手が、舳先を御米蔵の船着場に向けた。

だが、間に合わぬ。

泰徳は立ち上がり、前から向かってくる舟を睨んだ。

小さな編笠を着けた船頭風の男は、腰に大刀を帯《お》びている。

「どうやら、荷船は抜け荷を積んでいたようだ。来るぞ」

泰徳が言った刹那《せつな》、舟がぶつかってきた。

漕ぎ手が衝撃で飛ばされ、舟から大川に落ちる。

辛《かろ》うじて踏みとどまることができた泰徳は、怪鳥のごとく跳び移ってきた曲者に応じて抜刀し、下から刀を振るう。

鋼《はがね》と鋼がかち合う音がして、一撃をかわした両者が、舟の上で対峙《たいじ》する。

曲者は大刀の切っ先を泰徳に向け、両手でにぎる柄《つか》を左の腰に引いて構えている。

対する泰徳は、左右に揺れる船上で両足を踏ん張り、正眼《せいがん》に構えた。

その様子を見た曲者が、唇《くちびる》に不敵な笑みを浮かべる。

一拍の間を置き、曲者が動いた。

鋭く突き出される刀を、泰徳は受け流す。そして前に出て、甲斐無限流の神髄《しんずい》ともいうべき体当たりを食らわせようとしたのだが、身軽に身を転じた曲者が泰徳の動きを見切り、背後を取った。

――斬られる。

そう思った刹那、泰徳は後頭部を打たれた。

「み、峰打《みねう》ち」

泰徳にとっては、屈辱《くつじょく》ともいえる敗北である。

激痛に耐えつつ抗おうとした泰徳であるが、目の前が真っ暗になり、気を失った。

泰徳が頭から大川に落ちたのを見た漕ぎ手は、

「せ、先生までやられてしまった」

こいつは大変だと言って川に潜《もぐ》り、その場から逃げた。

泰徳は、冷たい刃を頰《ほお》に当てられて目をさました。

手足を縛られ、窓ひとつない部屋に吊るされている。

目の前には、無精髭《ぶしょうひげ》を伸ばした男がいた。年の頃は三十ほどだろうか、目は鋭いが、口元には不敵な笑みを浮かべている。

男の目を見た泰徳は、舟で剣を交《まじ》えた相手だとすぐにわかった。

男は勝ち誇《ほこ》ったような顔をして、泰徳に告げる。

「戦国伝来の甲斐無限流がどのようなものかと楽しみにしておったが、がっかりだ。噂ほどの腕ではないな」

「何者だ、貴様」

泰徳が睨みながら訊いたが、男は答えない。頬に当てた刀を引き、縛られている泰徳の腹を棒で打ち据《す》えた。

「くっ、ううっ」

激痛に顔を歪《ゆが》める泰徳に、男が薄笑いを浮かべながら言う。

「弱いくせに、生意気な口をたたくな」

泰徳にとっては、何よりも屈辱の言葉である。

舟の上で足場が悪かったというのは、言いわけにならぬ。

この男に負けたのだ。

泰徳は、悔しくて目をつむる。

「さっさと殺せ」

「言われなくともそうするさ。だが貴様など、刀の錆《さび》にする価値もない」

男がそう言うと、手拭《てぬぐ》いで鼻と口を押さえた別の男が部屋に入り、吊るされている泰徳の足下《あしもと》に香炉《こうろ》を置いた。

最初にいた男が着物の袖《そで》で鼻と口を隠し、泰徳に言う。

「魚の餌《えさ》にしてくれる」

二人が部屋から出て、戸を閉め切った。

真っ暗闇の中で、甘い香りがした。煙が泰徳の身体を這うように立ちのぼってきたのだ。

泰徳は息苦しくなって咳《せ》き込んだが、煙を吸い込んだせいで頭がぼうっとして、手足が痺《しび》れてきた。

板戸の外で声がしたのは、意識が朦朧《もうろう》としはじめた時だった。

泰徳は会話を聞いたのだが、身体をぴくりとも動かせない。そのうちに意識が遠のき、目を閉じて首を折った。

四

根津の甲府藩邸で書類に目を通していた新見左近は、勘定方《かんじょうかた》の雨宮真之丞《あめみやしんのじょう》が出した、今年の年貢と租税の総額に安堵した。

「国の民は、暮らしには困っておらぬようだな」

「はい。米、麦などに加え、畑の作物も豊作とまではいかぬものの、例年よりややや多めに収穫できたそうです」

「開墾《かいこん》に資金が回せそうか」

「はい」

「では、できるだけ民の助けになるよう、どれくらい回せそうか出すように」

「ただちに算出いたします」

雨宮が明るい顔で言うので、左近も笑みでうなずいた。

傍《かたわ》らで話を聞いていた間部詮房《まなべあきふさ》が、左近に言う。

「今月のお役目は、これで終わりでございます。二、三日ほどでしたら、ご自由にされてもよろしゅうございます」

「そうか」

間部の気が変わらぬうちに藩邸から出かけようと立ち上がった左近は、ふと庭に気配を感じて顔を向けた。

庭にかえでが現れた。

小五郎ではなくかえでが来るとは、よほどのことがあったに違いない。

そう察した左近は間部と顔を見合わせ、広縁《ひろえん》に出た。

「何かあったのか」

左近が訊くと、かえでが神妙な顔で答える。

「岩城泰徳殿が、行方知れずとのことにございます」

左近はかえでから話を聞いて、大川で起きている事件を初めて知った。

泰徳が船手番所の助っ人に出たまま戻らぬと聞いて、左近は愕然《がくぜん》とした。

川根九郎から知らせを受けた妻のお滝が、すぐさまお琴に知らせた。動揺したお琴は、小五郎とかえでを頼ったのだ。

かえでが左近に言う。

「泰徳殿と同じ舟に乗っていた者が、泰徳殿が闘いに敗れて川に落ちるのを見たそうにございます」

左近は目を見張った。

「あの泰徳が！　信じられぬ。お琴は今どうしている」

「お頭から殿を待つように言われて、およねさんと三島屋におられます。お頭はすでに、岩城道場の方々《かたがた》と共に泰徳殿を捜しておられます」

「そうか、余《よ》もすぐにまいる。お前たちは人を集めて、あとからまいれ」

左近は間部と雨宮に命じて、いつもの藤色の着流し姿で浅草へくだった。

三島屋に着くと、およねが飛びつくようにしてきた。

「左近様、大変です。おかみさんの義兄上《あにうえ》が、どうしましょう、ねえ左近様」

気が動転《どうてん》しているおよねを落ち着かせて、左近はお琴を捜した。

「お琴は」

「待ちきれなくなって、捜しに行かれましたよ。あたしも店を閉めて行きますから」

「すまぬが頼む」

川に落ちたならまだ望みはあると思った左近は、一刻も早く見つけ出すために大川へ走った。

間部ら甲府藩士も加わり、船手番所の連中には身分を悟《さと》られぬよう離れた場所を捜したのだが、その日は泰徳を見つけることができなかった。

泰徳は、翌早朝に発見された。

明け方の薄暗い大川に流れていた小舟を見つけた荷船の船頭が舟を寄せ、中に倒れていた泰徳を見つけたのだ。

骸《むくろ》だと思い腰を抜かしたのだが、息があったのである。

船手番所の役人たちから、人を捜していると聞いていた船頭は、

「このお方にちげぇねぇ」

小舟を縄で繋《つな》ぎ、船手番所まで引いてきたのだ。

強い刺激臭に意識を取り戻した泰徳は、ひどく咳き込んだ。

「先生！」

「目をさまされたぞ！」

心配して集まっていた門弟たちの声がする。

背中をさすられて、泰徳は目を開けた。

起き上がってみれば、自分の部屋だった。

廊下に集まっていた門弟たちから安堵の声があがり、笑顔を浮かべる者もいれば、泣く者もいる。

泰徳を診《み》ていた西川東洋が、

「静かに。もう大丈夫じゃから安心なされよ」

そう言って、門弟たちを道場に追い返した。

門弟たちが泰徳に頭を下げ、稽古をはじめようと言って、明るい顔で道場へ向かった。

部屋が静かになると、

「よかった」

お滝が背中にしがみつき、安堵の涙を流した。

泰徳は、そんなお滝の手をにぎり、

「心配をかけてすまぬ」

そう言ってあやまり、妻の息が落ち着くのを待ってから振り向いた。

「わたしはいったい、どうなったのだ」

訊くと、お滝は涙を拭い、発見された時のことを教えてくれた。

船手番所に運ばれ、町医者に手当てをしてもらったのだが、意識が戻らないので、自宅で養生《ようじょう》をするのがよかろうということになり、道場まで運ばれていた。

泰徳の様子を聞いた左近が、西川東洋をよこしていたのだ。

その東洋は強い臭《にお》いがする薬を廊下に持って出て、自分が呟き込んでいる。

「東洋殿、助かりました」

泰徳が頭を下げると、東洋は振り向き、笑みでうなずく。

その横から小五郎が入ってきた。

妻のお滝は、小五郎を煮売り屋のあるじだと思っている。

「今、お茶をお持ちします」

　東洋を連れてきた小五郎に言い、お滝は部屋から下がった。

　東洋が泰徳に訊く。

「具合はいかがか」

「まだ手に痺れが残っています」

「どれ、見せてみなさい」

　東洋が手を触り、泰徳の目を見た。

「かなり強力な眠り薬を飲まされたか、あるいは嗅《か》がされたか」

「煙を吸わされてから、意識が遠のきました」

　東洋がうなずく。

「何を嗅がされたのかはわからぬが……まあ、この様子だと心配ござらん。痺れもいずれ取れるであろう。じゃが、無理はせぬように」

　東洋はそう釘を刺すように、左近から言われているのだ。

　小五郎が言う。

「殿は登城を命じられ、三、四日来られませぬ。それまで待つようにとの仰せです」

「左近殿が？」

「はい。岩城殿をこのような目に遭《あ》わせた者を捜し出すよう命じられております。こうして生かされたのは、相手が岩城殿を知っている人物だからではないかと、殿はお考えです。何か思い当たる節《ふし》はございますか」

泰徳は、左近の忍びである小五郎に笑みを浮かべる。

「さすがは左近殿だ、鋭い」

小五郎が探る目を向ける。

「では」

「さよう。気を失う前に、わたしの命を助けるよう願う声を聞いた」

「声に、覚えがあると？」

小五郎に訊かれて、泰徳はうなずく。

その声の主を告げようとした時に、お滝が戻ってきた。

「お前様、九郎殿が見舞いにおいでくださいました」

お滝が言うと、右手を布で吊った九郎が廊下に座り、頭を下げる。

「九郎、よう来てくれた」

泰徳が言うので、九郎は神妙な顔で頭を下げた。

「目をさまされて、ようございました。ご無事で何よりでございます」

「心配をかけたな、九郎」

「ははあ」

九郎が膝を進め、足下に袱紗を差し出した。

「これは、お頭からでございます。とんだご迷惑をおかけした、くれぐれも養生なさるように、との仰せでございます」

頼みに来た船手頭自身が顔を見せぬことに、お滝は不機嫌な顔をしたが、口には出さずにいる。

恐妻の顔色をうかがった泰徳は、九郎に言う。

「不覚を取ったのは、未熟なわたしのせいだ。お力になれず申しわけなかったと、お船手頭に伝えてくれ」

「いえ、そのようなことは」

九郎は頭を下げたままだ。

そんな様子に、お滝が問う。

「九郎殿、顔色が優《すぐ》れませぬが、いかがなされたのです」

すると九郎が、泰徳に懇願《こんがん》する顔を向けた。

「先生、ご自分を責められてはなりませぬ。身体が動くようになられても、二度とこの件には関わらないと約束してください」

泰徳が口を開く前に、お滝が案じた。

「どうしたのです、九郎殿」

九郎はお滝の声が耳に入らぬ様子で、泰徳に頭を下げた。

「先生、下手人は必ず、わたしが捕らえます。ですから、二度と川には出ないでください」

念押しされて、泰徳は苦々しい顔をした。川に出ぬと約束するまで、九郎は帰らぬであろう。

「わかった。お前が捕らえてくれると信じて、川には出ぬことにいたそう」

仕方なく応じると、九郎は安堵して顔を上げ、役目に戻ると言って立ち上がった。

帰ろうとする九郎を、泰徳が呼び止める。

「九郎、待て」

九郎が怯《おび》えたような顔を向ける。

泰徳はそんな可愛い弟子に、柔和《にゅうわ》な表情で言った。

「ひとつ、わたしとも約束をしてくれ」

「なんでしょう」

驚いた顔をする九郎に、泰徳は真剣な目で続ける。

「死ぬなよ」

「いいな、九郎」

九郎は目をそらしたが、こくりと頭を下げ、帰っていった。

泰徳はお滝に見送りをするよう促し、部屋から下がらせた。

廊下にいる東洋が、何かを察して険しい顔をしているが、口を開こうとはしない。

小五郎が泰徳に顔を向けた。

「もしや、声を聞いたというのは……」

訊かれて、泰徳はうなずいた。

「わたしを助けるよう懇願したのは、確かに九郎の声だった。わたしを生かすかわりに、なんでも言うとおりにすると言っていたのが気になるのだが、様子から推すに、悪人どもとなんらかの繋がりがあるとしか思えぬ。ここで問いただしてしまえば命を絶《た》つと思うて、どうしても言い出せなかった」

泰徳はそう言って、小五郎に両手をついた。

「小五郎殿、貴殿の力を貸していただけぬか。忍びの技をもって、九郎を調べてくれぬだろうか」

「おまかせください」

快諾《かいだく》する小五郎に、泰徳がさらなる願いを口にする。

「何かわかり次第、必ず誰よりも先に教えていただきたい」

泰徳の申し出に、小五郎は戸惑った。

「このとおりだ」

頭を下げる泰徳に、小五郎が念を押すように言う。

「殿が力になりたいと仰せです。お一人で動かぬと、約束していただけますか」

「わかった。約束しよう」

泰徳の言葉を信じた小五郎は、九郎のあとを追って道場を出ていった。

五

忍びの目がついたことなど知る由《よし》もない九郎は、布から右腕をはずして動かし、怪我の具合を確かめた。

痛みは少々残っているものの、動かせるようになっている。だが九郎はふたたび布で腕を吊り、船手番所に出仕した。

詰めていた同輩たちから泰徳の様子を訊かれて、九郎は明るく答えた。

「目をさまされました。もう安心です」

「そうか、よかった」

そう言ったのは、同じ舟に乗っていた小川だ。

佃田と新山も安堵して、佃田が刀を床に立てながら言う。

「岩城先生は一人だったので、不覚を取られたのだ。我ら三人が、必ず地獄へ送ってやるからな」

九郎は頭を下げ、三人の前から去って上役のもとへ行った。

この日詰めている筆頭の上役は、松中《まつなか》という与力だった。

難しい顔をして書類に目を通している松中の前に座り、九郎が問う。

「次に網を張るのは、いつですか」

「うむ?」

書類から目を上げた松中が、腕組みをする。

「そうさな。奴らが月明かりのない夜を狙ってくることはわかっている。ゆえに、天気がよい今日の夜は、おそらく来ぬ。曇りの夜か、月のない朔日《ついたち》だな。佃田が張り切っていたが、今宵は常の見廻りをするゆえ、出番はないと言ってやれ」

「わかりました」

神妙な顔で応じた九郎は、佃田たちには告げずに外に出た。

晴天の空を眩《まぶ》しげに見上げたあと、大川に目線を下ろして遠くを見つめ、ため息をつく。

そしてきびすを返すと、船手番所の者の目が届かぬ場所に行って布から右腕をはずし、矢立《やたて》と紙を取り出して筆を走らせた。書き終えると、あたりを見回した九郎は、ふたたび右腕を吊り、袂《たもと》に紙を忍ばせて歩んだ。

向かった先は、役宅に近い場所にある稲荷《いなり》だ。九郎は人目を気にしていたが、小五郎は気づかれないように物陰から見張っている。

誰にも見られていないことを確かめた九郎は、稲荷に手を合わせ終えると裏に回り、程なくして出てきた。

紙を隠したに違いないと思った小五郎は、隠れて九郎が立ち去るのを待つと、稲荷が見える場所に潜んだ。すると、四半刻《しはんとき》（約三十分）もせぬうちに町人の男が稲荷に手を合わせ、人目を気にしながら裏に向かい、何食わぬ顔で出てきた。

小五郎は男の跡をつけた。

男が行った先は、本船町《ほんふなちょう》にある廻船問屋《かいせんどんや》の三国屋《みくにや》だ。

小五郎は素知らぬ顔で通り過ぎ、路地裏に入った。

人気《ひとけ》のない場所を選んで猫のように板塀に跳び上がり、三国屋と軒《のき》を並べる店の屋根にのぼる。

大通りを行《ゆ》き交《か》う者に気づかれぬよう、裏手の屋根を移動して三国屋の屋根に跳び移り、庭の様子を探った。

裏庭では店の者が忙しく出入りし、台所からは料理の支度をする音がする。

小五郎は音もなく屋根を移動して、屋根裏に入った。

驚いたことに、屋根裏と部屋を仕切る天井板がない。台所と店で働く奉公人が丸見えだ。逆に、下からもこちらが見える。だが忍びたる小五郎にとって、気づかれぬように移動するのは、そう難しいことではない。

下にいる者の視界に入らぬ場所を選んで梁《はり》から梁へ跳び、積もった埃《ほこり》がわずかに落ちる先を見届ける。

土間に立って指図をしている奉公人の背後に、埃が落ちてきたことに気づいた小僧が上を見た。

薄暗い屋根裏にはなんの姿もないので、小僧は見てはいけない物を見てしまったかのような怯えた顔をして、身震いした。

「話をしているのに、どこを見ている」

叱った奉公人も屋根裏に顔を向けたが、その時小五郎はすでに奥の部屋へと移動している。

奥の部屋には天井板が張られていたので、小五郎は下からする声に気をつけながら、男の行方を捜した。

すると、家の一番奥にある部屋から、男同士が話す声がした。

声が小さいので、すべてを聞き取ることはできない。

だが、会話の中に、川根九郎の名と、朔日《ついたち》、月のない夜、といった言葉を聞いて、小五郎は天井板に耳を当てた。

あるじらしき男の声がする。

「すぐに知らせろ。わたしは石塚《いしづか》様に予定が早まることをお知らせする。いいか、大奥献上の偽《にせ》手形は使えないのだから、くれぐれも抜かりのないようにしろと頭《かしら》に伝えろ。次の荷を運べなければ、石塚様のお怒りを買い、これまでの儲けがすべて吹き飛んでしまう。うまくいけば大儲けだ。雇った用心棒どもも用ずみとなる。口封じに始末させろ」

「へい」

男が応じて部屋を出たので、小五郎は天井裏から抜け出した。

配下の者を連れてくるべきだったと思った小五郎であるが、この機を逃せば九郎の命が危ない気がする。

三国屋から男が出たのを屋根の上から見ていた小五郎は、人のいない路地に飛び降りて走り、気づかれぬように跡をつけた。

男は日本橋川《にほんばしがわ》の岸に行き、待っていた手下に迎えられて舟に乗った。

すでに日が西に傾《かたむ》き、川は薄暗くなっている。

男を乗せた舟が川をくだるのを見届けた小五郎は、川下の橋まで走り、男の舟を目で追った。そして船着場に連《つら》ねて泊めてある小舟を勝手に拝借し、川へ繰り出した。

前をゆく舟は、大川へ出ると川上に向かいはじめた。

舟に乗る男たちがしきりに周囲を警戒しているので、小五郎は男たちの視線をかわすためにわざと追い越し、舟を漕ぎながらさりげなく川下に目を光らせていた。

後方へ遠ざかり、小さくなっている舟から目を離さず行方を探っていると、途中で左に曲がった。

小五郎は急いで引き返し、岸に上がって走る。すると舟は大名屋敷の横を流れる小川に入り、橋場町《はしばちょう》の田地《でんじ》へと向かっている。そして川幅が狭くなる手前にある一軒の屋敷に横付けし、下りた男が石段をのぼって木戸の中へ消えた。

屋敷は茅葺《かやぶ》きだが、百姓家にしては大きく、板塀で囲まれる敷地も広い。

小五郎は板塀を乗り越えて敷地に入り、音もなく走って床下に転がり込んだ。

屋敷の中では、抜け荷を運ぶ船乗りたちと用心棒の侍が、酒を飲んで騒いでいた。

三国屋からの知らせを持ってきた男が、その者たちを横目に奥の部屋へ行き、船乗りの頭目《とうもく》と、目つきが鋭い侍に頭を下げて正座した。

目つきが鋭い侍は、泰徳を倒した男である。三国屋の使いの男は、その侍に顔を向けて告げる。

「先生のおかげで、船手番所の動きがわかりました。次は誰も殺さずに運べます」

使いの男はそう言って、九郎から受け取った紙を差し出した。

紙に目を通した侍が鼻先で笑い、頭目に渡す。

「朔日《ついたち》か天気が悪い夜に、網を張るそうだ」

侍が言うと、頭目はうなずいて訊く。

「では次の荷を運ぶのは、満月となる明日以降だな。吉原にのぼる舟に交《ま》じれば、うまく抜けられると思うか」

侍は首を横に振った。

「船手番所の奴らを侮《あなど》ってはならぬ。夜目が利く者であれば、満月の明かりで昼間のように遠くを見ることができる。番所からでも、河口から入る荷船を見つけるのは容易《たやす》い。それゆえ、月のある夜は網を張らずともよいのだ」

頭目が目玉をぐるりと回した。

「危ない危ない……先生がいてくださらなきゃ、月のある日を選ぶところでした」

「いや、満月の夜がよかろう」

侍が言うので、頭目と三国屋の使者は顔を見合わせた。

頭目が訊く。

「先生、何かお考えがあるので？」

「ある。船手番所の者どもが慌てふためく手がな」

「いったい、何をなさるおつもりで？」

「九郎に、今一度働いてもらう」

侍が二人に寄れと手招きし、小声で何ごとかささやいた。

頭目が目を見張る。

「そいつはおもしろそうですが……あの同心にそんなことができるのですか」

「やるしかなかろうよ。わしが捕らえられるようなことになれば、九郎もただではすまぬからな」

侍はそう言うと、三国屋の使者に細々《こまごま》と指図をして、九郎のもとへ走らせた。

床下に潜んで探っていた小五郎は、侍が何を命じたのかまではつかめていない。

ただ、三国屋の使者が去ったあとに、侍と頭目が話していたことを聞き、抜け荷を運ぶ日取りだけは突き止めることができた。

酒盛りの声が騒がしいうちに屋敷から出た小五郎は、泰徳との約束のことが頭をよぎったが、やはり先に左近に知らせるべきだと判断し、根津の藩邸に走った。

新見左近は小五郎から話を聞いて、しばし考えた。

共に聞いていた間部が、左近に言上《ごんじょう》する。

「殿、小五郎殿が申された大奥献上の品の手形でございますが、本物ではないかと」

「旗本が絡んでいると申したいのだな」

左近の言葉に、間部がうなずく。

「お察しのとおりでございます。石塚家といえば、二千石旗本、石塚主馬《しゆめ》殿ではないでしょうか」

「余も今そのことを考えていた。石塚主馬は、近頃羽振りがよいという噂がある。主に旗本を相手にご禁制の品を売り、荒稼ぎをしているとの噂もあるゆえ、目付《めつけ》役《やく》が動いているそうだ」

「上様からのお言葉ですか」

昨日から連日登城している左近は、うなずいた。

間部が言う。

「では、ここは動かず、ご公儀にまかせたほうがよろしいのでは」

左近は首を横に振る。

「目付役がどこまでつかんでおるかわからぬ。悪党が抜け荷を運ぶまで日もないゆえ、放ってはおけぬ」

左近を止めても無駄だとわかっている間部は、反対しなかった。

門弟が関わっていることに薄々気づいている泰徳を思い、左近は小五郎に顔を向けた。

「このことを、泰徳に伝えるか」

「はい」

「泰徳のことだ。いかなる理由があろうとも、悪人に手を貸した門弟を許すまい。一人でも乗り込もうとするだろうから、守ってやってくれ」

「承知いたしました」

「殿は動かれぬおつもりですか」

間部が意外そうに言うので、左近は答える。

「余は黒幕のもとへまいる。そちは石塚主馬の動きを探れ」

「ははあ」

応じた間部は、さっそく手配をしに下がった。

左近が小五郎に告げる。

「泰徳のことゆえ同じ轍《てつ》は踏むまいが……くれぐれもよろしく頼む」

「はは」

小五郎は頭を下げて左近の前から下がり、岩城道場へ向かった。

六

三国屋の使者から指示を受けた九郎は、顔を青ざめさせた。

「そ、そんな、それでは話が違うではないか。一度だけでよかったはずだ」

「それがそうもいかなくなったんですよ。旦那にそうさせろとおっしゃったのが誰なのか、おわかりですよね」

三国屋の使者が、探るような目を向けてきた。

九郎は言葉を失い、うつむいた。

三国屋の使者が続ける。

「まあ、今回の仕事を無事に終えることができましたら、次はございませんので、ご安心を」

「ほんとうだな」

「はい。それじゃ、確かにお伝えしましたよ」

男はそう言って、道具を入れた袋を押しつけて立ち去った。

思わぬことになり、困惑した九郎は大きなため息をついた。

「どうすればいいのだ」

いくら考えても妙案が浮かぶはずもなく、九郎は袋を抱えて路地裏から大通りに出ると、思いつめた顔で役宅に帰った。

同じ頃、小五郎から知らせを受けた泰徳は、神妙な顔をして押し黙っていた。九郎が抜け荷をする悪党どもに関わっていることが確実であったと知り、胸が締めつけられる思いでいる。

苦渋《くじゅう》の色を浮かべた泰徳は、小五郎に両手をついた。

「ご足労をおかけしました。九郎のことは、師であるわたしがこの手で捕らえます。左近殿には、手出し無用とお伝えください」

小五郎は黙ってうなずいた。そして一旦は道場を出たが、左近に命じられたとおり、泰徳を守るための行動に入った。

一人で道場から出かけた泰徳は、顔馴染《かおなじ》みの船宿《ふなやど》に行った。

「二日後の夜に来るゆえ、一艘ほど用意していただきたい」

そう約束をして道場に帰った泰徳は、翌日から、朝は師範代を相手に実戦の稽古を積み、夜は一人で真剣を持ち、甲斐無限流の形《かた》で汗を流した。

泰徳の決意を察した父雪斎は、刀を振るう息子を黙って見守っていたのだが、不安そうな顔で見ているお滝に気づくと、そっと肩をたたいた。

「あれが出かける時は、笑顔で送り出してやってくれ。剣に生きる者の妻であれば、覚悟はできておろう」

お滝は雪斎の顔を見て、何も言わずにその場から去った。

雪斎が頭の後ろに手をやりながら、困った顔をする。

「妻を泣かすとは、泰徳もまだまだ未熟者よ」

そうとは知らぬ泰徳は、無心で刀を振り続けていた。

あっという間に二日が過ぎ、いよいよその時が来た。

夜を待って船蔵に忍び込んだ九郎は、賊に言われたとおりのことをした。使った道具を堀に捨て、船手番所には出仕せず、役宅からも姿を消した。

この件について何も知らぬ父母には、急用で出かけると言ってある。

一人で小舟に乗ると、夜の大川に漕ぎ出して河口へ向かった。

夜中に荷船に乗り、見張りが手薄な川筋を案内するためである。

穏やかな江戸の海に漕ぎ出した九郎は、沖に泊まっている大船に注意を払った。

満月の下で、何隻《なんせき》もの大船が黒い影を浮かべている。

そのいずれかに三国屋の船があるはずなのだが、九郎にはどれなのかわからない。

夜の海を見ていると、一艘の荷船が河口を目指しているのが見えてきた。

あれに違いないと思った九郎が目をはずさずに見ていると、相手もこちらを見つけたらしく、合図の明かりが灯り、二度ほど明滅《めいめつ》して消された。その荷船の後ろから、もう一艘の荷船が現れた。

九郎は舟を漕いで近づき、前の荷船に合わせて舳先《へさき》を転じると、水先案内をはじめた。

左手の海には、漁師たちが暮らす佃島《つくだじま》が黒い影を浮かべている。

九郎はその島から離れた位置を進み、大川の河口へ入った。

しばらく進むと、西側に船手番所が見えてくる。

東側は深川の辻灯籠《つじどうろう》の明かりがところどころにあるのみで、町家の明かりは消えて真っ暗だ。

九郎は東側に舟を寄せて進みながら、西側の船手番所の動きを警戒した。

その頃、船手番所では、

「おい、あれを見ろ」

月明かりを頼りに川を見張っていた者が、早くも怪しい舟に気づいていた。

船手番所が騒がしくなったのは、九郎にもわかった。番所に灯されたちょうちんの明かりの中で人が忙しく行き来し、こちらを確かめる動きがある。

その前に荷船を川上に通過させていた九郎は、大名屋敷が並ぶ川の西岸に寄って進んだ。

大名屋敷と大川のあいだに道はなく、番所から走って追ってくることはできない。

ゆえに、網を張る時は大名屋敷の横に舟を浮かべて待ち構えているのだが、今夜は用意されていなかった。

番所では、荷船を逃がすまいとする九郎の同輩たちが動き、船蔵の周辺に泊めている舟に飛び乗る。

「急げ！」

ただちに舟を出して追おうとしたのだが、

「だめです！」

漕ぎ手が叫んだ。

「櫓《ろ》を止める縄が、すべて切られています」

「なんだと！」

怒鳴ったのは、筆頭の新山だ。

「棹《さお》で行け、棹で」

「へい」

応じた漕ぎ手が棹に持ち替えて川に滑り出た途端、船底から水が入ってきた。

九郎の細工により、船手番所の舟はすべて使い物にならなくなっていた。

「おのれ！」

腹を立てた新山が、荷船が消えた川上を睨み、歯嚙《はが》みする。

九郎は舟が追ってこないのを見て、安堵した。

悪党どもを助けたからではない。師である岩城泰徳を倒した者に襲われ、新山たちが命を落とさずにすむと思ったからだ。

荷船に乗る頭目と船乗りたちは、顔を見合わせてほくそ笑み、橋場町に向かった。

七

たった一人で舟を下りた泰徳は、

「ご苦労だった」

船頭に酒手《さかて》を渡して、橋場町の川岸を歩んだ。

岸から離れて舳先を転じた舟が、暗い大川をくだってゆく。

枯れすすきの中に分け入って潜んだ泰徳は、小五郎から教えられた屋敷の様子を探った。

陸側にある木戸門は閉ざされ、人気《ひとけ》がない。

すすきの中から出て裏口へ回った泰徳は、小川に流れる水音を聞いて、前に捕まって連れてこられたのはこの屋敷だと確信した。寝かされていた部屋から聞こえた川の音を覚えていたのだ。

泰徳の脳裏《のうり》に、敗れた時の情景がよみがえる。九郎が助けてくれなければ、命を奪われていた。そう思うと、胸が苦しくなる。

「二度と負けぬ」

泰徳は自分にそう言い聞かせ、小川に面した船着場に下りた。荷物を運び入れる土蔵の戸口を見つけて手を当ててみると、中に向かって開いた。

近くに人の気配はない。

忍び込んだ泰徳は、土蔵の中に潜んで荷船が到着するのを待つことにした。

九郎が来ないことを祈りつつ待つこと、およそ一刻（約二時間）。

小川に舟が入ってくる音がした。

船乗りたちの声がして、木戸が開けられる。

「さっさと運び込め。手荒に扱うんじゃねぇぞ」

「へい」

男たちの声がして、明かりが土蔵に近づく。

泰徳は、すべての荷が運び込まれるまで待とうとしたのだが、松明《たいまつ》の明かりの中に九郎の姿を見つけて、気落ちした。

やはり、悪事に手を貸していたのだ。

九郎の前に現れた侍は、泰徳が負けた相手だった。その侍が九郎に言う。

「ご苦労だったな」

九郎が悲しげな顔を向けた。

「今日限りで、悪事から足を洗ってください。三国屋とは手を切ってください。

兄上、お願いします」

兄と聞き、泰徳は愕然とした。

九郎には、半兵衛《はんべえ》という五つほど年上の兄がいることは知っていた。

父親が外の女に産ませた子だったので、長男であるにもかかわらず家督を継ぐことも許されず、邪魔者扱いをされた。それを恨みに思い、いじめ抜いた九郎の母親を刀で傷つけて家出をしたと聞いている。

その兄が、悪人となって九郎の前に現れたのだ。

半兵衛が、今日限りで悪事から手を引け、と必死に説得する九郎を睨みつけながら言う。

「お前は我らに手を貸したのだ。もはや同罪だ。そうだろう」

「それは――」

「おれが何ゆえ、お前の命を助けたと思うておる」

「弟だからでしょう」

「ふん、相変わらず考えが甘い奴だ。おれがお前を殺さなかったのは、こうして利用するためだ。岩城泰徳の命を取らなかったのも、お前に恩を着せるために他ならぬ。お前はおれの思惑どおりに働き、船手番所の連中を裏切った。初めからお前も仲間だったとおれが言えば、お前は極悪人の仲間……。もっとも、おれと半分血が繋がっているだけで、お前もくそ親父も終わりだ。あの女もな」

「母上をあの女などと言うな。母上は、兄上がいなくなったことを悲しんでおられたのだぞ」

「それはあの女の芝居だ。百両の端金《はしたがね》を渡して、家を出てくれと言ったのは、あの女だ」

「そ、そんな」

「知らぬのも当然であろう。あの女が言うわけはない」

半兵衛はあざ笑った。

「まあしかし、川でお前と再会したのは、切っても切れぬ血の繋がりによるものだ。おれが川根家の者であることに変わりはない。おれが捕らえられれば、お前もくそ親父もあの女も、同心を何人も殺した極悪人の家族として罰せられ、家は潰される。それがいやなら、おれが捕まらないように働くことだ」

「わたしは家督など望んでいなかった。兄上が継ぐものだとばかり思っていました」

「お前がどう思おうと、親父とあの女は、おれを追い出したのだ。従わぬなら、お前をここで殺すまでだ」

——歪んだ恨みで、正気を失っている。

泰徳はそう思い、表に出た。

半兵衛が鋭い目を向ける。

「貴様、ここを覚えておったか」

半兵衛の声に驚いた九郎が振り向き、目を見開いた。

「先生、いけません、お逃げください！」

九郎が言うと同時に、泰徳の背後に用心棒たちが現れ、退路を断《た》った。

半兵衛が九郎に言う。

「可愛い弟子を助けるために、わざわざ殺されに来たのだ。追い返すのは無礼であろう」

「兄上、おやめください」

「やめるものか。見ておれ、あの世へ送ってやる」

半兵衛は言うなり抜刀し、刀を振り上げた。

泰徳は刀を抜いて相手の刃を受けようとしたのだが、目の前に黒い人影が立ちはだかった。九郎が泰徳を助けるために、二人の前に飛び出したのだ。

「うっ」

九郎は半兵衛の刃をまともに受けた。

肩から胸にかけて深々と斬られ、血飛沫が上がる。

「九郎！」

倒れる九郎を泰徳が受け止め、横たわらせた。

「死ねっ！」

なおも半兵衛が叫んで、泰徳を斬ろうとしたその刹那、刀をにぎる手の甲《こう》に、手裏剣が突き刺さった。

「くっ」

痛みに顔を歪めて跳びすさった半兵衛が、屋根に鋭い目を向ける。

闇に溶け込んでいた小五郎が、茅葺きの屋根に立ち上がり、宙返りをして泰徳の背後に飛び降りてきた。

泰徳と背中を合わせて忍び刀を抜いた小五郎が、

「助太刀いたします」

一言告げて、用心棒たちに向かって構えを取る。

「すまぬ」

泰徳は半兵衛を睨み、前に出た。倒れている九郎を守り、半兵衛と対峙する。

「許さぬ」

「お前は、おれには勝てぬ」

半兵衛は自信に満ちた顔で言い、刀を構えた。

船乗りたちと荷の陰に隠れている頭目が、懐《ふところ》から短筒《たんづつ》を取り出し、泰徳に狙いをつけた。

これに気づかぬ泰徳ではない。

脇差を抜きざまに投げつけ、頭目の胸に深々と突き刺さる。

「うおっ」

呻いた頭目が胸を押さえて身をかがめると同時に、短筒が暴発する。

それを合図とばかりに、半兵衛が怪鳥《けちょう》のごとく前に跳ぶ。

「きええっ！」

気合と共に大刀を打ち下ろす半兵衛の凄《すさ》まじい攻めに、泰徳は真っ向からぶつかった。

「おうっ！」

気合を返して大刀を振るい、半兵衛の一撃を受け止めた泰徳は、肩から体当たりを食らわせた。

舟の上では不利だったが、陸《おか》では負けぬとばかりに、甲斐無限流の技が炸裂《さくれつ》する。

突撃する鎧武者《よろいむしゃ》をも弾《はじ》き飛ばす戦国剣法をまともに食らった半兵衛は、土蔵の壁に背中を強く打ちつけ、地面に片膝をつく。

「ば、馬鹿な」

先日とは別人のように、泰徳が大きく見える。

半兵衛は、それでも立ち上がり、

「おのれ！」

と怒りの声をあげた。

大刀を振り上げて斬りかかる半兵衛に対し、泰徳は容赦《ようしゃ》しない。左足を引いて切っ先を向け、隙を突く。

「ぐわっ」

鎧をも貫《つらぬ》く甲斐無限流の突きを腹に受け、半兵衛は苦痛に顔を歪めた。

泰徳が刃を引き抜き、背を向ける。

半兵衛はなおも刀を振り上げたが、目を見開いて仰向《あおむ》けに倒れ、絶命した。

「九郎！」

駆け寄って抱え起こす泰徳に、九郎が目を開けた。

「せ、先生、お許しください」

「何を言うのだ。詫《わ》びるのはわたしだ。二度も命を救われた。すまぬ」

「罪を犯《おか》したわたしでも、最後にお役に立てて、よかった……」

口から血を吐いた九郎は、悲しむ泰徳を見て優しい笑みを浮かべ、目を開けたままこと切れた。

「九郎！」

弟子を抱きしめる泰徳に、用心棒たちを倒した小五郎が告げる。

「馬が馳せてきます」

小五郎の言ったとおり、程なく馬が表に止まり、船手番所の与力と同心たちが屋敷の庭に入ってきた。

船乗りたちは荷船に乗って逃げようとしたが、周囲を捕り方が囲み、新山たちがなだれ込んで、船乗りたちを十手《じって》で打ち据えた。

泰徳が小五郎に訊く。

「場所を教えていたのか」

するとと小五郎が、薄い笑みを浮かべて答えた。

「殿ではないかと」

泰徳のもとへ、与力と新山が歩み寄る。

泰徳に抱かれている九郎を見て、与力が訊いた。

「岩城先生、九郎と二人で乗り込んだのですか」

小五郎は、すでに姿を消していた。

泰徳は、九郎の骸《むくろ》に羽織《はおり》をかけてやり、与力に言った。

「九郎は、見事にお仲間の仇を討ち果たしました」

うなずいた与力と新山は、九郎の死を悼《いた》み、静かに手を合わせた。


この時左近は、旗本、石塚主馬が三国屋に招かれていた根岸《ねぎし》の寮《りょう》にいた。

石塚はここで三国屋と酒を酌《く》み交わしながら、南蛮渡来《なんばんとらい》のお宝が届けられるのを楽しみに待っていたのであるが、慌てふためいた様子で廊下に現れた家臣が告げた。

「と、殿、ここ、甲州様が、船手頭を従えて参上されました」

石塚は思いもよらぬことを告げられて息を呑《の》み、朱塗《しゅぬ》りの杯《さかずき》を手から取り落とした。

往生際《おうじょうぎわ》の悪い三国屋は、

「石塚様、あきらめてはなりませぬ。こうなっては、甲州様と船手頭を討ち取りましょうぞ」

急き立てたのだが、石塚は呆然《ぼうぜん》としている。

そこへ、左近と船手頭の安田讃岐守が現れた。

船手頭の安田が前に出て、

「頭《ず》が高い！」

大音声《だいおんじょう》を発するや、びくりとした石塚が、膳《ぜん》を蹴飛ばして庭に駆け下り、左近に平身低頭《へいしんていとう》した。

「申しわけございませぬ！」

石塚に倣《なら》い、控えていた家臣たちが左近の前にひれ伏すのを見た三国屋は、

「……おしまいだ」

泣きそうな顔をして両手をつき、うずくまるように頭を下げて観念した。

左近が皆に告げる。

「そのほうらの悪事により、大勢の者が命を落とした。石塚主馬、上様から厳し

い沙汰《さた》があると覚悟いたせ」

「ははあ」

真っ青な顔をした石塚が、地面に額《ひたい》を擦《こす》りつける。

左近は、あとはまかせるとばかりに安田にうなずく。

応じた安田が、命を落とした多くの配下の無念を胸に、ふたたび大音声をあげる。

「皆の者、極悪人どもを引っ立てい！」

応じた船手番所の者たちが、仲間を殺された恨みを込めて石塚らに縄を打ち、庭から引きずり出した。

安田が左近の前に片膝をつき、深々と頭を下げる。

「これで、亡くなった配下の者たちも浮かばれましょう」

そう言って声を詰まらせる安田にうなずいた左近は、空を見上げた。

まばゆいほどの月の光が、庭にたたずむ左近を照らしていた。

第三話　非道の輩《やから》

※

お琴が営む小間物屋の三島屋の常連客に、初音《はつね》という十八歳のおなごがいる。

初音は蠟燭《ろうそく》職人の父親と、針仕事で家計を助ける母親と共に、花川戸町の一軒家に暮らし、浅草阿部川町《あさくさあべかわちょう》の蠟燭問屋、松竹屋《しょうちくや》に通い奉公している。

松竹屋には、蠟燭を納めている父親が頼み込んで雇ってもらっているのだが、あるじの金右衛門《きんえもん》と駒江《こまえ》夫婦からは、

「まことによい娘だ」

と、大変気に入られている。

ゆえに金右衛門夫婦は、たびたび縁談を持ってきては世話をしたがるのだが、一人娘としてのびのび育てられた初音には、まったくその気がない。

その初音が、房五郎《ふさごろう》という若者と恋に落ちた。

きっかけは、初音が一人で、店の近くの寺に注文の蠟燭を納めに行っていた時だった。

出合《であ》い頭《がしら》に行商人《ぎょうしょうにん》とぶつかってしまい、初音は転んだ。

行商人は、気をつけろと凄《すご》み、そのまま立ち去ってしまった。

初音は文句も言えず、道に落として散らばってしまった大切な品を集めようとした。

ところが足首を痛めてしまい、動けなくて困っていたのだ。

そこへ救いの手を差し伸べてくれたのが、房五郎だった。

――

「へぇ、そんなことがあったの。何かの縁を感じるわね」

いささか興奮気味に話すのは、およねである。目が輝いているのは、初音の恋話のためか、膝《ひざ》の前に置かれた菓子箱のためかはわからぬ。

「もうひとつ、いただきましょう」

と言ってつまんだまんじゅうをぱくりと口に放り込み、初音に続きを促《うなが》す。

そんなおよねを見て、お琴がくすくす笑った。

およねがもぐもぐとやっていた口を止めて訊《き》く顔を向けるので、お琴が言う。

「こんなに大きなおまんじゅうを、よく一口で食べられるわね」

「うふふ」

と笑ったおよねが、茶で流し込んだ。

「だって、おいしいんですもの。おかみさんもどうぞ。近頃流行《はや》りの梅屋《うめや》の塩まんじゅうは、こうして一口で食べるのがいいんですよう」

そう言ってすすめられて、お琴も一口で食べてみた。

口の中がいっぱいになりしゃべれないが、およねの言うとおり、もっちりしたこし餡《あん》が口に広がっておいしい。

あまりのおいしさにお琴が目を丸くして、うんうんと何度もうなずいてみせると、初音とおよねが笑った。

「これね、別名おたふくまんじゅうっていうんですって」

などとおよねが言うものだから、お琴は吹き出しそうになり、慌《あわ》てて懐紙《かいし》で口を押さえた。ごくりと飲み込み、

「死ぬかと思った」

と、胸をたたいて茶を飲む。

そんな三人の姿はなんとものどかで、楽しげである。

およねがお琴の湯呑《ゆの》みに茶を注ぎながら、初音に訊いた。

「房五郎さんって、どんな人なの」

初音は売り物の簪《かんざし》を手に取り、照れ隠しにくるくる回しながら答える。

「すごく優しくて、いつもあたしのことを考えてくれている人です。この前の雪の日だって、あたしにばかり傘をさして、自分は雪まみれになっていて……濡れるからやめてって言ったんだけど、あたしが風邪《かぜ》をひいたらいけないからって、聞かないの」

「珍しいほど優しい男だね。うちの亭主にそんなことされたの、一度だってありゃしないよ」

およねは笑いながら言い、売り物の簪で手悪さをする初音からそれとなく奪い返して、木箱の中に並べた。

お琴が訊く。

「お互いに想い合っているのね」

すると初音が笑顔で、はいと答え、おたふくまんじゅうを頬張《ほおば》る。

「おいしい」

幸せそうに言う初音を肘《ひじ》でついたおよねが、探るような目を向けた。

「それで？　いつ一緒になるんだい？」

初音は口を動かしながら、さあ、という顔をする。ごくりとまんじゅうを飲み込んで、決まっていることを話した。

「房五郎さんは仕事を探していたものですから、そのような話にはならなかったんだけど、松竹屋の旦那様が雇ってもいいと言ってくださったので、奉公が落ち着いてから考えようってことに」

とはいうものの、二人のあいだでは先のことがほぼ決まっているのか、初音は嬉しそうである。

察したおよねが、

「夫婦で働くってことか。それもいいかもね」

笑顔で言うと、初音も笑顔で、はいと答えた。

素直で明るい初音を見ていると、お琴もおよねも自然と笑みがこぼれる。

お琴は店の棚《たな》から紅《べに》を選んで持ってくると、初音に渡した。

「新しく仕入れた紅なの。使ってみて」

「わあ、嬉しい。いいんですか」

「おいしいおまんじゅうのお礼よ。今度は、房五郎さんと一緒に来てね」

「はい」

「それはいいね。簪を買ってもらうんだよ」

ちゃっかりしているおよねに、初音は笑みでうなずいた。

「それじゃ、また来ます」

明るく言って帰る初音を表に送って出たお琴は、通りに左近の姿を見つけた。

二人の仲を知っている初音は、左近に笑みで頭を下げ、帰っていった。

初音を見送った左近が、お琴に言う。

「今のは確か、蠟燭職人のところの……」

「娘の初音さんです」

「そうであった。前に会《お》うた時よりずいぶん明るい気がするが、何かよいことがあったのか」

鋭い左近に、お琴が笑みで答える。

「好きなお人ができたそうです」

「ほぉう」

左近が関心を示すと、およねが店から出てきて口を挟む。

「近々、所帯を持つそうですよ。おかみさんより若いのにね」

早くお琴をもらってやれと言わんばかりのおよねの態度に、左近は返答に困った。

側室として屋敷に入ってもらいたいのはやまやまだが、今の暮らしを望むお琴の気持ちを思うと、そうもいかないのだ。

「お入りください」

お琴がごまかすように左近を促し、店の中に連れて入ったので、およねが不服そうに言う。

「おかみさんたら遠慮しちゃって。だからいつまでも一緒になれないのよ」

聞こえてもいいと思い大声で言ったのだが、およねの声は小物を選ぶため店に入ろうとした若い娘たちの笑い声にかき消された。

「いらっしゃいまし！」

およねがうるさいとばかりに不機嫌に声をかけるので、娘たちはぎょっとして顔を向ける。

「やだ、およねさん、怖い」

一人がつぶやき、笑いながら店に入ったので、およねは引きつった笑みを浮か

べて、

「怖くないわよぉ」

と言いながら、客の後ろに続いて入った。

二

房五郎が松竹屋で奉公するようになったのは、それから十日後のことだ。

二十五歳の房五郎は、あるじについて店の者にあいさつをすませ、さっそくその日から働いた。

自分より年下の手代《てだい》から掃除を命じられてもいやな顔ひとつせず働き、時々初音と目を合わせては、互いに目配せをして微笑《ほほえ》んでいた。

明るい気性の房五郎は、店の者に認められるのも早かった。

働きはじめて数日もすると、すっかり店に馴染《なじ》み、奉公人たちとも楽しそうに付き合っている。

安堵《あんど》している初音に、金右衛門が奥の部屋に来てくれと声をかけた。

初音が応じて行くと、

「まあ座りなさい」

金右衛門が言うので、下座に正座した。

「初音」

「はい」

「いい人を紹介してくれて、助かったよ。房五郎は明るくてよく働く。商売人として、なかなか見込みがあるぞ」

初音は嬉しくなり、笑顔でうなずいた。

金右衛門がうかがう顔で言う。

「縁談をすすめても断っていたのは……そういうことだったんだね」

初音は驚いた顔をした。すると金右衛門が笑った。

「お前も正直でよろしい。実はな、女房が、二人は恋仲ではないのかと言うものでね、わたしはそんなはずはないと言ったのだが、やはり女房の目は正しかったか。将来を約束しているのかい」

「いえ。房五郎さんは仕事がありませんでしたので、まだ……」

「食べていけるようになるのが先だと思うのは当然だ。近頃の若い者には珍しく、真面目じゃないか。お前のことを大切に思っている証《あかし》だ」

「はい」

「いい男と恋仲になってよかった。どうだろう、二人ともいい年頃だ。房五郎にはこれからも働いてもらうことに決めたから、お前にその気があるなら、わたしから房五郎に縁談のことを話そうか」

世話好きの金右衛門は、縁談をまとめたくて仕方がないようだが、初音は房五郎の口から一緒になろうと言われたくて、この場は断った。

「ありがたいことなのですが、奉公をさせてもらったばかりですので、今は」

初音が申しわけなさそうに言うと、金右衛門は、それもそうだとあっさり引き下がった。

「祝言《しゅうげん》を挙げると決まったら、わたしと駒江に媒酌人《ばいしゃくにん》をさせておくれ。これは又八《またはち》さんとも約束していることだから」

「おとっつぁんと？」

「ああ、そうだとも。又八さんにはいつもいつも無理を聞いてもらい、よい蠟燭を安く作ってもらっているから、そのお礼に世話をさせてくれと頼んだのさ」

初音は恐縮した。

「そういうことだから、房五郎と話が決まれば教えておくれ」

「ありがとうございます」

初音は笑みで頭を下げて、仕事に戻った。

店に戻ると、房五郎が蠟燭を手に取って眺《なが》めているので、そばに寄って訊いてみる。

「どうしたの」

すると房五郎が、朱色《しゅいろ》の蠟燭から目を離して答える。

「これは、初音ちゃんのおとっつぁんが作った蠟燭だろう」

「そうよ」

「美しいな。こんな蠟燭、初めて見たよ」

「そう」

初音が探るような目を向けるので、房五郎は訊く顔をした。

「なんだい?」

「それ、吉原に卸《おろ》す蠟燭なのよ」

「吉原、ふぅん」

不思議そうな返事をするので、初音は訊いた。

「もしかして、吉原のこと知らないの?」

知っていてとぼけているのか、それともほんとうに知らないのか、房五郎は首をかしげた。

真面目な房五郎だ、そういう場所には興味がないのだと思って嬉しくなった初音であるが、ふとあることが脳裏《のうり》に浮かんだ。

房五郎は江戸生まれの江戸育ちだと聞いているが、時々上方《かみがた》なまりが出ることがある。

初音は思い切って訊いてみた。

「ねえ、房五郎さん。上方に暮らしていたことがあるの？」

「どうしてだい？」

「話している時、上方なまりが出ることがあるから、そうなのかなと思って」

「弱ったな」

房五郎は、襟首《えりくび》に手を当てて苦笑いをした。

「実はそうなんだ。三年ほど京《みやこ》の染め物屋で働いていたんだが、母親の病《やまい》が重くなったので、看病をしに去年帰ってきたんだ。それからしばらく、つきっきりだったので、仕事もできずに蓄《たくわ》えを取り崩しながら暮らしていたんだ」

看病の甲斐《かい》なく母親は亡くなったと聞いて、初音は辛《つら》い出来事を思い出させてしまったと詫《わ》びた。

「いいんだよ」

優しく微笑んだ房五郎は、これからは懸命に働いて、前を向いて生きていくと言った。

初音は、そんな房五郎のそばにいたいと思った。

「房五郎」

番頭が声をかけてきた。

「すまないが、使いを頼む。下谷《したや》の天竜寺《てんりゅうじ》を知っているかい」

「はい、知っております」

「そこにな、蠟燭を届けておくれ」

初めて配達を頼まれ、房五郎は明るい顔で承知した。

手代が荷物を持ってくる。

「大事な品を落とさないように、しっかり頼むぞ」

そう言って手代に大量の蠟燭を背負わされた房五郎は、初音に笑みを見せて出かけていった。

忙しそうな番頭が、初音にも声をかける。

「すまないが初音、お前さんは……」

「白正院《はくせいいん》ですね」

先回りして言うと、番頭が笑みでうなずく。

男子禁制の尼寺《あまでら》には、いつも初音が行くことになっているのだ。

天竜寺にも近いので、初音は急いで荷造りをして、房五郎を追って出た。

堀川の道を北に行くと、寺ばかりが並ぶ道に出る。寺の土塀《どべい》に挟まれた狭い道を走って、房五郎に追いつこうとした初音は、角を曲がったところで立ち止まり、慌てて辻灯籠《つじどうろう》の陰に隠れた。

そっと顔を出してみると、寺の裏門の前で、房五郎が男と話をしている。

脅《おど》されているのだろうか、人相の悪い怖そうな男に何か言われている房五郎は、首《こうべ》を垂れて暗い顔をしている。

因縁《いんねん》をつけられたに違いない。

助けなければ。

そう思った初音は、勇気を出して行こうとした。

ところが、道に僧侶の一行が現れたのを見た房五郎が、男を誘って寺の中に入った。

自ら進んで人目を避ける房五郎を不審に思った初音は、確かめずにはいられなくなり、あとを追って寺に足を踏み入れる。

開け放たれている寺の裏門を入れれば、墓地が並んでいた。

房五郎と男は、墓地を抜けたところにある小屋の向こう側に消えた。

初音が小走りで近づいた時、男の怒鳴り声と房五郎の声がしたので、小屋の壁に身を寄せて立ち聞きした。

男が言う。

「それで、どうする気だ。おれがこのことを言えば、おめぇはしまいだ。死にたくなければ、おれの言うとおりにしな。そうすりゃ、お頭《かしら》に褒《ほ》めてもらえるってもんだ。おれはな、おめぇのことを思って言ってやってるんだ。これが他の者だったら、今頃あの世へ行ってるぞ」

「でも、邦蔵《くにぞう》の兄《あに》い……おれは抜けたいんだ。もうあんなことは二度としたくない」

「馬鹿野郎！　何度も言わせるな。殺されるぞ、てめぇ」

「………」

押し黙る房五郎に、邦蔵が続ける。

「死んでも抜けたいのか」

「あんなむごいことをするお頭には、もうついていけねぇ。兄いだってそうだろう」

邦蔵は考える顔をした。

「……よしわかった。そこまで言うなら、おれからお頭に、抜けられるよう頼んでやる」

「ほんとうかい、兄い」

「ああ、まかせておけ。だがな、それには手土産《てみやげ》がいる。何をするべきかは、言わなくてもわかるな」

房五郎は悲痛な顔をした。

「まさか、あの店を……」

「何も驚くことはない。おめぇがしてきた役目だ」

「そ、それだけはできねぇ。せっかく見つけた居場所だ。勘弁してくれ」

「そいつは無理ってもんだ。おめぇがやらなくても、どっちみち、あの店は狙われる」

「えっ！」

「お頭はすでに目をつけられているってことだ。おれがおめぇを見つけたのは偶然だが、道を歩いていて見つけたんじゃねぇ。的《まと》にするあの店を探っていたからだぜ」

「そ、そんな」

房五郎は愕然《がくぜん》とした。せっかくつかみかけた幸せが、手の届かぬところへ遠のいていく気がして、目の前が真っ暗になった。

落ち込む房五郎に、邦蔵が言う。

「あきらめて、最後に仕事をしろ。そうすりゃおめぇは自由だ。一味を無事に抜けるには、そうするしかない」

「わ、わかった。そのかわり、必ず約束を守ってくれよ、兄い」

「おう。必ず抜けさせてやるから、しっかりやれ。子細《しさい》をつかんだら、隠れ家に来な。待ってるぜ」

邦蔵は房五郎の肩をたたいて、小走りで立ち去った。

房五郎は歯を食いしばり、後悔の顔をしているのだが、隠れている初音はそのことに気づかず、頭が混乱していた。

お頭とか、人相の悪い男を兄いと呼ぶなんて、普通じゃない。

そう思い恐ろしくなっているのだが、房五郎が嫌いになったわけではないことは確かだ。

何か悪いことに巻き込まれて、脅されて言うことを聞かされているのではないかと思ったのだ。

だとすれば、力にならなければ。

初音が思い切って声をかけようとした時、房五郎が悔しげに叫んだ。

初めて聞く房五郎の叫び声に驚いた初音は、足がすくんだ。

「くそっ！」

もう一度叫んだ房五郎の足音がしたので、焦《あせ》った初音は見つからないように隠れた。

房五郎は初音が近くにいることなど知る由《よし》もなく、墓地の中を歩いて寺から出ていく。

初音は別の門から寺を出て、蠟燭を尼寺に届けに行った。

店には初音が先に帰ったのだが、房五郎は四半刻《しはんとき》（約三十分）もせぬうちに帰ってきた。出ていく時となんら変わらぬ明るい顔で、番頭と話をしている。

話し終えた房五郎と目が合ったのだが、初音は思わずそらし、店にいた客の相手をした。

その日から、初音は房五郎を見張るようになった。心配でたまらないのだ。仕事を終えて帰る時も、途中まで一緒に帰り、別れてからはこっそり跡をつけた。

邦蔵に頼まれたことが何かはわからないが、悪事を働くようなら止めるつもりでいた。

しかし房五郎は、初音と別れてからは寄り道をすることなく長屋に帰った。長屋の連中ときちんとあいさつを交《か》わして部屋に入ると、自分で食事を作り、夜も早く寝る。

夜が遅いと叱《しか》られたのは、初音のほうだった。

母親には房五郎のことを話しているが、厳しい父親には内緒にしていたので、「嫁入り前の娘が、毎日、夜遅くまで何してやがる！」

房五郎の跡をつけはじめて三日目の夜に、とうとう堪忍袋《かんにんぶくろ》の緒《お》が切れたのである。

手を上げられることはなかったものの、こっぴどく叱られた。

見かねた母親が房五郎のことを告げようとしたので、初音は止めた。

房五郎のことはこころから好いているが、何者かわかるまでは、父親に知られてはならないと思ったのだ。

理由を言わず、ただただあやまるばかりの初音の様子に、又八は男の存在を薄々感じたようだ。

「どこの誰だか知らねえが、騙《だま》されるんじゃねぇぞ。あとな、賭《か》けごとをする男はだめだ。おれはな、賭けごとをする奴で、女房を幸せにしている野郎を見たことがねえ。それだけは言っておく」

賭けごとはもちろん、酒も煙草《たばこ》もやらぬ大真面目で、仕事一筋の父親らしい言葉だと初音は思った。

そんな父親に、優しい房五郎と知り合えたことを喜んでもらえると思っていただけに、妙な輩《やから》と関わっていることを考えると、気分が落ち込んだ。

恋に落ちている初音は、房五郎が何をしようとしているのか早く知りたいと思った。

その初音が房五郎の正体を知ることになったのは、二日後のことだった。

この日は、松竹屋の主人一家が毎年恒例の梅の花見に出かける日で、番頭と一番年長の手代が供をする。

店は昼までで閉めることになっているので、花見の供をしない者たちは、掃除を終え、花見料理と酒のおこぼれを店でいただく。

これが決まりごとだった。

手代と小僧、そして女中たちは台所の板の間に集まり、酒盛りがはじまった。

初音は房五郎と並んで座り、おいしい料理をいただいた。

この時ばかりは、房五郎のことを心配する気持ちを抑《おさ》えて、努めて明るく振る舞った。

房五郎は相変わらず初音に優しく、話もおもしろい。暗い様子を微塵《みじん》も見せなかったので、あれは夢だったのかと初音は思った。

不意に房五郎が立ち上がったので、初音は訊いた。

「どこに行くの？」

「はばかりだよ」

房五郎は小声で言い、草履《ぞうり》を履いて裏庭に出た。

目で追っていた初音は、勝手口から出た時に振り向いた房五郎の目が鋭かったのが気になり、あとを追って裏庭に出た。

すると、房五郎ははばかりに行かなかった。

姿を捜して裏庭を歩いていくと、房五郎が裏の廊下から上がるのが見えた。

「何をしているんだろう」

不安になり、あとを追っていくと、房五郎は内蔵がある部屋の前に立ち、懐《ふところ》から取り出した紙に筆を走らせていた。

内蔵は店の金を納める場所だ。

はっとした初音は声をかけた。

「房五郎さん、何をしているの」

ぎょっとした房五郎は、紙を落とした。

慌てて拾おうとしたのを初音が奪い取って目を通し、愕然とした。

三

「房五郎さん、これはどういうことなの。蔵がある部屋を記して、何をするつもりなの」

初音に知られてしまい、房五郎は畳に膝をついてうな垂れた。

「すまない」

「お寺で会っていた人に脅されて書いたのね。そうなんでしょう」

房五郎が驚いた顔を上げた。

「どうしてそれを……。まさか、あの寺にいたのか」

初音は心配そうな顔でうなずいた。

「怖そうな人と一緒に入っていくのを見たから、気になってついていったの。ねえ、房五郎さん、正直に教えて。あの人に脅されているなら、旦那様に相談して、お役人に助けてもらいましょう」

「それはできない。このことが旦那様に知られたら、おれだけじゃなく、おれを店に連れてきたお前まで咎《とが》められてしまう」

言った房五郎は、鬼の宗六《そうろく》が店を狙っていることを思い出した。

「……お前は、この店にはいないほうがいい。今すぐ暇《ひま》をもらって、二度とここには来ないでくれ」

「どうしてなの。ねえ、房五郎さん、教えて」

初音に問いただされて、房五郎は困った顔をしながらも、初音を連れて庭の隅に引っ張っていき、人目につかぬ物陰に隠れてから告げる。

「惚《ほ》れたお前には、何もかも正直に話《と》すよ。おれは、お天道様《てんとう》の下をまともに歩ける男じゃない。盗《ぬす》っ人の一味だ」

「えっ！」

思いもよらぬ言葉に、初音は絶句した。

「ま、まさか、蔵の場所を調べたのは、お金を盗みに入る気だったの？」

「悪いことに、この店はお頭に目をつけられちまったんだ」

房五郎が気落ちしたように言う。

初音は悲しくなった。

「初めから、松竹屋に入り込むために、あたしに近づいたの？　そうなの？」

「それは違う。お前がぶつかった相手は、見ず知らずの男だ。たまたま通りかかって助けた。嘘《うそ》じゃない、ほんとうだ。おれがお前を想う気持ちも、嘘はねぇ」

初音は両手で顔を覆《おお》った。

「どうして、どうして盗っ人なんかになったのよ」

「母親の薬代が、欲しかったんだ」

絞《しぼ》り出すような房五郎の言葉に、初音は顔から手を下ろした。

房五郎はその手をにぎり、初音をまっすぐ見つめて、包み隠さず話した。

母親と二人で暮らしていた房五郎は、古着屋の手代をしながら真面目に暮らしていたのだが、ある日突然、母親が胸の痛みを訴えて倒れた。

心の臓を患《わずら》ってしまった母親の薬を買うために、房五郎は必死に働いていたのだが、手代の給金は少なく、蓄えもなくなって、高価な薬を買うことができなくなった。

そこで房五郎は、高利貸しから金を借りて薬を買い続けた。

だが、母親の病はよくならず、薬代の借金が積もりに積もってどうにもならなくなり、飯も食えなくなったという。

思いつめた房五郎は、母を背負って長屋を出て、二人で川に身投げをして死のうとした。

その時命を助けたのが、当時、盗っ人一味の頭目《とうもく》をしていた老爺《ろうや》だった。

房五郎は、その時のことを思い出したらしく、ほろりと涙をこぼした。

「その人に、脅されているの」

初音が涙を浮かべて訊くと、房五郎は首を横に振った。

「助けてくれたのは、仏の治平《じへい》と呼ばれるほど優しい人だった。そのまま家に招いてくれて、母親のために医者まで呼んでくださったんだ。それを縁に、おれたち親子は、お頭の家に身を寄せて世話になっていた。盗っ人だと知ったのはずいぶんあとのことだったが、お頭の人柄に惚れていたおれは、頼み込んで仲間に加えてもらったんだ。お頭は、人を騙して金儲《かねもう》けをするくず野郎の金蔵ばかりを狙い、罪のない者は決して傷つけなかった。おれたち親子を救ってくれたのも、日頃から貧しい者に救いの手を伸ばしていなすったからだ。おれはそんなお頭に感動して、一生ついていくつもりでいたんだが、一味に加わって半年後に、お頭がぽっくり逝《い》ってしまわれたんだ」

房五郎は手の甲《こう》で洟《はな》をすすった。

頼りの治平を喪《うしな》った数日後に、母親も死んでしまったという。

「それからが、おれにとっては地獄だった。お頭の跡目を継いだ当代は、人が変わったように残虐《ざんぎゃく》なことをするようになったんだ。盗っ人のあいだで鬼の宗六と言われるようになった頃には、一味の者を引き連れて上方に移った。大坂と京でも、金銀を貯め込んでいそうな大店《おおだな》に押し込み、非道なことばかりをしやがる。おれは、そんな宗六の下で働くのがいやになって、江戸に逃げ帰ったんだ。まさか、奴らも江戸に戻るとは思いもしなかった」

房五郎はそう言うと、悔しげな顔で物置の壁をたたいた。そして初音から紙を取り返すと、破り捨ててから続ける。

「やっぱり、おれを快《こころよ》く雇ってくださった旦那様を裏切ることはできない。これから自身番に行って、何もかも話すよ。おれのことは、忘れてくれ」

悲しい顔で告げ、行こうとした房五郎であったが、腕に初音がしがみつく。

「だめ、行かないで。行けば重い罰が待っているのよ」

「おれは盗っ人だ。覚悟はできている」

それでも、初音は腕を離さなかった。

「自身番には投《な》げ文《ぶみ》をして、逃げましょう。房五郎さんと一緒にいられるなら、あたし、どこへでも行くわ」

「初音……」

房五郎は、そこまで想ってくれる初音を抱きしめた。

「おれだって、お前と別れるのは辛い。だけど、連れて逃げるなんてできやしない。苦労はさせられないよ」

「どうしても行くと言うなら、あたし生きていけないわ。死んでしまうから」

泣きながら胸にしがみつかれ、房五郎は目をきつく閉じた。初音を巻き込んでしまった後悔で、胸が張り裂けそうになった。

同時に、初音と逃げたい気持ちが湧《わ》き上がった。

鬼の宗六が目をつけるような大店がない、どこか田舎《いなか》の町へ逃げて、誰にも知られず、ひっそりと暮らしたい。初音のためなら、どんな苦労だってできる。

そう思った房五郎は、初音の腕をつかんで顔を上げさせた。

涙を拭《ぬぐ》ってやり、笑みで言う。

「おれと一緒に、逃げてくれるか」

初音はこくりとうなずく。

抱きしめた房五郎は、一旦酒盛りの場に戻り、何食わぬ顔で過ごすと、折を見て座をはずし、金右衛門に宛《あ》てて置き手紙を書いた。

自分の素性《すじょう》を明かし、鬼の宗六に金蔵を狙われていることを記すと、金右衛門の部屋に忍び込んで文机《ふづくえ》の上に置いた。

房五郎はその時、金右衛門の手箱から五両の金を盗んだ。申しわけない、と手を合わせて詫び、懐に入れた。

店の者たちに、今日は帰らせてもらうと言い、店の裏から出た房五郎と初音は、手と手を取り合って逃げた。

着の身着のまま逃げ延びようとする先は、縁者も誰もいない北の国がいい。宗六が決して訪れぬ田舎町で、初音と幸せになるのだ。

房五郎は、奥州街道《おうしゅうかいどう》を北上しようと決めて、千住大橋《せんじゅおおはし》を目指した。

千住の宿場で旅支度を整え、北を目指すのだ。

花川戸町へ差しかかった時、房五郎は初音に言った。

「親を一目、見ていくかい」

おそらく二度と会えぬだろう。

そう告げると、初音はうなずいた。

手を繋《つな》いで向かったのだが、初音は一人で家に帰った。

「おや、早いね」

針仕事をしていた母親が、笑顔で言う。

初音は母親を見て、笑みを作った。

「近くまで来たから、忘れ物を取りに来たの」

嘘をつき、自分の部屋に行くと、化粧道具を巾着《きんちゃく》に詰めた。

お琴からもらった真新しい紅が入れられている紙袋は入らなかったので、小袖《こそで》の袂《たもと》に入れて、戸口に向かった。

「気をつけなよ」

母親に声をかけられて、初音は立ち止まる。涙を見られるわけにはいかないので、振り返れなかった。

「ありがとう」

声を絞り出した初音は、行きかけて、そっと仕事場をのぞいた。

父親は仕事場で蠟燭作りに励《はげ》んでいる。真面目に黙々と仕事をする父親の姿を見て、初音は頭を下げた。

――親不孝を許して。

胸の内で詫びた初音は、房五郎のもとへ戻った。

二人は手を取り合い、花川戸町の通りを走って千住の宿場を目指した。

日本堤《にほんづつみ》は途中に吉原があるので人目を避けることにして、浅草寺《せんそうじ》裏の道を選び、吉原の裏に広がる田圃道《たんぼみち》を抜けた。

大名屋敷の長い漆喰塀《しっくいべい》を左手に見つつ歩み、長国寺《ちょうこくじ》、西徳寺《さいとくじ》、大音寺《だいおんじ》のあいだを通っていった。

ふたたび大名屋敷を左手に見つつ歩み、千住の宿場が見えてきた時、大名屋敷の角から、つと人影が現れた。

その者の顔を見た房五郎は、

「あっ！」

と声をあげた。

と同時に腹の急所へ当て身を食らい、気を失った。

四

根津の藩邸からお琴に会いに来た左近は、三島屋の前が騒がしいのに気づいた。客でいつもにぎわっている三島屋であるが、どうも様子が違う。岡っ引きまでいたので、足を速めた。

左近を見つけたおよねが、

「左近様」

声をかけて歩み寄る。

「何かあったのか」

左近が訊くと、およねが眉《まゆ》をひそめながら言う。

「大ありですよ。初音ちゃんが、いなくなっちまったんですよう」

岡っ引きが左近に鋭い目を向けたが、三島屋に出入りしている者だとわかり、一瞥《いちべつ》しただけでお琴に向きなおった。

「何かわかったら、すぐ知らせてくれ。頼んだぜ」

岡っ引きは命じる口調で言い、忙しそうに立ち去った。その後ろには、初音の両親が従っている。

左近がお琴に歩み寄り、訊いた。

「いつからおらぬのだ」

「昨日からだそうです」

夜遅くなっても帰らないので、初音の親は松竹屋に行ったのだが、早くに帰ったと言われたらしい。

あるじ金右衛門は、梅の花見で別宅に泊まることになり、房五郎が残した手紙のことに気づいていなかったのだ。

初音の母親は、父親の又八から問い詰められて、房五郎の存在を教えた。

又八は、

「男のところに無断で泊まっているにちげえねぇ」

と言って、怒りをこらえながら帰りを待っていたのだが、朝になっても戻らない。ふたたび松竹屋に行ったところ、房五郎も初音も店には来ていなかった。

「こいつはどうも妙だ」

ということになり、岡っ引きや町役人の手を借りて捜していたのだ。

家に残り、初音の帰りを待っていた母親のもとへ、松竹屋の金右衛門がやってきたのは、つい先ほどのことだった。

血相を変えて来た金右衛門は、房五郎が残した手紙を見せ、

「と、とんでもないことに」

震える声で言ったらしい。

深刻な事態を知った母親は、又八と岡っ引きに知らせに走った。

岡っ引きは、二人は身を隠したに違いないと言って、母親に初音を匿《かくま》っていそうな者はいないかと訊いた。

母親から、初音がお琴と親しいことを聞いた岡っ引きは、匿っていないかを確かめに来た。いないとわかると、他に行きそうな場所に心当たりはないか、訊いていたのだ。

およねが小声でささやく。

「初音ちゃんは、とんでもない男を好きになっちまったんですよう」

「どういうことだ」

「初音ちゃんが好きになった男は、房五郎っていうんですけど、盗っ人の一味だったんですよ。しかも、その一味が次に盗みに入ろうとしているのが、松竹屋さんだったんですって」

大まかな話を聞いた左近は、渋い顔をした。

「そうと知った房五郎が、手紙を残して姿を消したとなると、一味を裏切ったということだ。仕返しを恐れて、江戸から逃げたのであろう」

左近の推測に、およねとお琴が驚いた。

お琴が言う。

「では、初音ちゃんは……」

左近が、お琴が思っていることを察してうなずく。

「共に、江戸から出ているのではないだろうか」

およねが口を挟んだ。

「岡っ引きの親分は、近くに潜《ひそ》んでいるんじゃないかって、おっしゃってましたよ」

「ほう。何ゆえそう思うのだろうか」

「初音ちゃんは昨日、忘れ物をしたと言って家に戻って、巾着ひとつを持ち出したそうです。着の身着のままいなくなっているので、遠くへは行ってないだろうって」

「さようか」

左近はうなずいたが、そうは思っていない。

裏切り者が盗っ人の一味から逃げるのは、容易《たやす》いことではない。房五郎もそのことがわかっているだろうから、頭目の息がかからぬ遠方に逃げようとするはずだ。

「いずれにしても、一味に見つからなければよいが」

案ずる左近の言葉に、お琴が不安そうな顔をした。

およねがつぶやく。

「初音ちゃん、どうして黙って行ってしまったのかしら。一言相談してくれればよかったのに」

「房五郎がお上から咎めを受けるのが、怖かったのだろう」

左近が言うと、およねは黙り込み、お琴がうなずいて口を開く。

「好きになってしまった人が盗っ人だったなんて。初音ちゃんの気持ちを思うと、胸が痛みます」

およねが悲痛な顔を左近に向けた。

「左近様、初音ちゃんを助けてあげてくれませんか」

「まずは、行方を捜すのが先だ」

「うちの亭主に手伝わせますよ。初音ちゃんのことを知っている近所の人にも、声がけしてみます」

手を取り合って逃げたなら、今頃は江戸にはおらぬだろうと思った左近である が、初音を捜すことを権八たちに託し、松竹屋に向かった。

狙われている松竹屋のことが気になったのだ。

初音の知り合いだと告げて、あるじ金右衛門に見せてもらった房五郎の手紙に は、こう書いてあった。


旦那様、この店は鬼の宗六一味に狙われています。女子供を、なんのためらい もなく殺す非道の輩でございますから、とにもかくにもお逃げください。

わたしは、宗六の手下でございました。

ですから、連中が目をつけた店を、必ず襲うことを知っています。

遠い先の話ではございません。今日明日かもしれません。どうか急いで逃げて ください。お隠れになってください。

最後に、旦那様とお内儀《ないぎ》様によくしていただいたことは、一生忘れません。勝 手にお借りした五両の金は、いつか必ずお返しいたします。

こころを入れ替えて真人間になり、遠い場所で暮らします。

手紙に目を通す左近を見ていた金右衛門が、畳に両手をついた。

「わたしどもは房五郎の言葉を信じて、しばらく店を閉めて別宅に隠れますが、二人のことが気がかりでなりません。どうか、助けてやってください」

左近は金右衛門に言われるまでもなく、そのつもりだ。

「鬼の宗六一味とやらは、非道の輩と書いてある。別宅に隠れても危ういのではないか」

「それはご心配なく。知り合いに剣術道場を主宰《しゅさい》している者がおりますので、守っていただくことになっております」

「それならば安心だ」

「私どもはしばらく店を離れますが、房五郎と初音が見つかりましたら、二人に伝えてほしいことがございます」

「聞こう」

「房五郎には、自訴《じそ》して罪を償《つぐな》うようお伝えください。いつまでも帰りを待っていると。初音には、親に心配をかけてはいけないと言ってやってください。あの子には、幸せになってほしいのです」

「承知した」

左近は、金右衛門の願いを聞き入れた。そして訊く。

「別宅は、ここから近いのか」

「小梅村《こうめむら》にございます」

詳細な場所を聞いた左近は、くれぐれも用心するよう念を押し、松竹屋をあとにした。

左近はこの時すでに、二人が鬼の宗六の手の内にあることなど、知る由もなかった。

五

房五郎と初音は、千住の宿場に到着する手前で鬼の宗六一味に捕らえられ、坂《さか》本村《もとむら》にある隠れ家の土蔵に繋がれていた。

出入り口の戸しかない薄暗い部屋に、両手を縛られて繋がれている二人は、身を寄せ合い、不安な時を過ごしていた。

房五郎は、初音の横で苦しげな息をしている。

ここへ連れてこられた直後に、裏切ったことを咎められ、宗六から殴る蹴るの暴行を受けたのだ。

房五郎が痛みに呻《うめ》いたので、初音が顔を向けた。

「房五郎さん、大丈夫」

房五郎は腫《は》れ上がった顔を向けて、痩《や》せ我慢をして笑みを見せた。

「こんなの、たいしたことない。それより、怖い目に遭《あ》わせてすまない」

「何度もあやまらないで。房五郎さんは悪くない」

「こんなところでくたばってたまるか。必ず助けてやるからな」

力強く言う房五郎に勇気づけられた初音は、戸口に顔を向けた。

「外は静かね。誰もいないのかしら」

「逃げるなら今かもしれない」

房五郎は、帯に忍ばせていた小柄《こづか》を抜き取り、縄を切りにかかった。

「いいか、ここを出たら、田圃道を走って大名屋敷に助けを求めるんだ」

「一緒に行ってくれないの」

「おれは奴らを食い止める。逃げ切ってみせるから、何も心配せずにとにかく走るんだぜ」

縄を切りながら言う房五郎に、初音はうなずいた。

もう少しで縄が切れそうだという時に、邦蔵が入ってきた。

切るのをやめて小柄を隠した房五郎が、黙ってうつむいた。

邦蔵が歩み寄り、房五郎の顎《あご》をつかんで顔を上げさせた。

「こっぴどくやられたな、ええ、房五郎。おれの言うことを聞いてりゃ、こんなことにはならなかったんだ」

「兄い、お願いだ、助けておくんなさい」

「可哀そうだが、そいつはできねぇ相談だ。おめぇ、お頭が狙っていることを、松竹屋にばらしただろう」

「許してくれ。世話になった旦那様を裏切れなかったんだ」

「馬鹿野郎！」

怒鳴った邦蔵が、房五郎の胸ぐらをつかんで引き寄せた。

「お頭の恐ろしさを知らねぇ、おめぇじゃあるめぇ。下見に行っていた者が、松竹屋がもぬけの殻《から》だと言って戻ったが、別の者が逃げた先を突き止めている。おめぇがしたことは無駄なことだ。裏切りがばれただけで、結局誰も救えねぇ。お頭が女のところから戻ったら、二人とも命はねぇぞ」

「そ、そんな。頼む兄い、初音だけは逃がしてくれ。初音は何も悪くない、そうだろう」

房五郎に懇願《こんがん》されて、邦蔵は立ち上がり、戸口から外の様子をうかがった。

そして戻ってくると、懐から刃物を抜き、房五郎を睨《にら》む。

「あ、兄い。おれを殺すのか」

「兄いと呼ばれる筋合いも縁もねぇ。次にその面《つら》を見たら、殺すからな」

邦蔵はそう言って、初音の縄を切った。

助かった。

房五郎がそう思った時、戸が荒々しく開けられた。

手を止めた邦蔵が、舌打ちをして振り向いた。

手下を連れた宗六が、鋭い目を向けながら入ってきた。

「邦蔵、てめぇ、何してやがる」

邦蔵は答えず、立ち上がった。

そこへ二人の手下が突っ込み、刃物で腹を刺した。

苦痛に目を見開いた邦蔵が、手下どもを刃物で突き刺そうとしたのだが、さらに深くえぐられ、呻き声をあげて刃物を落とした。

房五郎の目の前に倒れた邦蔵は、何か言おうとしたのだが、口から血を吐いてこと切れた。

悲鳴をあげた初音が、腰を抜かしてその場にへたり込む。

初音を一瞥した宗六が、房五郎の前に来るなり、顔を蹴飛ばした。

「てめぇのせいで、邦蔵を死なせちまった。どうしてくれようか」

憎々しげに吐き捨てた宗六が、不気味な顔をした。房五郎を睨みながら、手下に訊く。

「おう、おめぇらも怒ってるよな」

「へい」

「この野郎を八つ裂きにして、大川に捨てちまいやしょうぜ」

宗六が言う。

「そんなことじゃ、おれの気が治《おさ》まらねぇ。こいつには、一番いやな思いをさせてやる。おう、おめぇら、房五郎の目の前で、女を可愛がってやりな」

手下がほくそ笑む。

「そいつはいいや」

「金儲けができなかった恨《うら》みを晴らしてやりますぜ」

手下どもが言い、五人がかりで初音を押さえつけた。

初音が悲鳴をあげて抵抗したが、男どもが手足を押さえて身動きを封じる。

房五郎は慌てて小柄で縄を切り、邦蔵が落とした刃物を拾った。

手籠《てご》めにされようとしている初音を、笑いながら見ている宗六に飛びかかり、首に刃物を押し当てた。

「初音から離れろ！　こいつをぶっ殺すぞ！」

房五郎が叫ぶや、手下どもが動きを止めた。

顔を引きつらせた宗六が、戸惑う手下に怒鳴った。

「何してやがる。早く離れねぇかい！」

命じられて、手下どもは初音から離れた。

「初音、外に出ろ」

房五郎に言われて、初音は土蔵から出た。房五郎は宗六を人質にしてあとに続き、手下どもを土蔵に閉じ込めた。

一人になった宗六が、青い顔で言う。

「房五郎、おれが悪かった。な、あやまるからよ、命《いのちご》だけは助けてくれ」

猫なで声で命乞《いのちご》いをする宗六は、刃物の柄《え》で後頭部を思い切り殴られ、頭を抱えてうずくまった。

この隙《すき》に、房五郎は初音の手をにぎって屋敷の外へ逃げた。

日が西に傾《かたむ》きはじめている。

房五郎は、遠くに霞《かす》む大名屋敷を目指して、田圃の中を走った。

「いたぞ！　あそこだ！」

背後でする声に振り向けば、宗六の手下たちがこちらを指差している。

宗六が手下の尻を蹴るようにして、追えと叫んだ。

五人の手下が田圃に駆け入るのを見て、房五郎は初音の手を引っ張った。

「急げ、追いつかれる」

初音は応じて、恐怖にこわばった顔で走る。

だが女の足では、大名屋敷に着くまでに追いつかれてしまう。

幅が広い溝《みぞ》を先に跳び越え、ためらう初音に手を貸して溝を跳び越えさせたところで、後ろを振り向いた房五郎は、初音の手を離した。

初音が振り向く。

房五郎は笑みで言った。

「先に行ってくれ」

「だめ」

初音が激しく首を横に振ったが、房五郎は溝を跳び越えて向こう側に戻った。

そして、ふたたび笑みで告げる。

「短いあいだだったが、いい夢を見させてもらった。ありがとよ。さあ行きな。捕まれば、またひどい目に遭わされる」

「一緒じゃなきゃいや」

「助けを呼んできてくれ。早く！」

房五郎に言われて、初音は言うとおりにした。大名屋敷に行って、助けを呼んで戻ろうとしたのだ。

「すまなかった」

逃げる初音にそうつぶやいた房五郎は、帯の腰に差していた刃物をにぎり、追ってくる手下どもに向かって走った。

両手を広げ、五人を相手に叫ぶ。

「おれが相手だ。かかってきやがれ！」

だが、手下どもは二手に分かれた。

三人が房五郎に向かい、二人は初音を追う。

房五郎は、初音を追う二人に走って飛びつこうとしたのだが、後ろから刺された。

「うわっ」

激痛に顔を歪《ゆが》めて振り向いたところへ、二人目がぶつかってきて、腹に刃物が突き刺される。

「く、くそっ」

悔しさに歯を食いしばった房五郎は、腹に刃物を突き入れた者の首をつかみ、胸を突き刺そうとした。

だが素手で刃《やいば》を止められ、もつれながら倒れた。

転げて手下から離れた房五郎は、横になったまま必死に刃物を振り回して、手下どもを遠ざけた。

その房五郎の手首を踏みつけた手下が、目を見開いて刃物を振り上げ、切っ先を下に向けて突き下ろした。

助けを求めて田圃から道に上がった初音は、長い長い漆喰塀の横の道を走り、出入り口の戸を探した。

ずっと先に、表門らしきものを見つけて走り、助けを求めようとしたその時、背中に激痛が走った。

「きゃあああっ！」

悲鳴をあげて振り向いた初音の目に、血がついた刃物をにぎって薄ら笑いを浮かべる男の顔が飛び込んでくる。

背中を斬られた初音は、それでも助けを求めて門を目指した。

「逃げられると思うな」

手下がいたぶるように言い、背中を蹴る。

倒れた初音は這《は》って逃げようとしたのだが、腹の下に足を入れられ、仰向《あおむ》けにされた。

男が馬乗りになり、刃物を振りかざして刺そうとした時、門から大音声《だいおんじょう》が轟《とどろ》いた。

「何をしておる！」

悲鳴を聞いて出てきた数人の藩士が、刃物を振り上げた男が女にまたがり、突き刺そうとしている光景に驚き、大声をあげたのだ。

思わぬ邪魔が入り、手下どもは初音から離れて逃げた。

「待てっ！」

藩士たちが叫びながら走ってくる。

初音は、そのうちの一人に抱き起こされた。

「おい、しっかりせい」

「た、助けて、ふ、房五郎さんを、助けて……」

震える手で田圃を指差した初音の首が、こくりと落ちた。

六

「てぇへんだ！　左近の旦那、おられやすかい！」

権八が叫びながら、裏庭に入ってきた。

左近に茶を出そうとしていたおよねが、

「お前さん、初音ちゃんが見つかったのかい？」

驚いて訊く。

息を切らせて縁側に両手をついた権八が、およねが持っている折敷《おしき》から湯呑みを取って口に運んだ。

「あ、それ」

およねが左近のだと言う前に口をつけた権八が、熱っ、と言って噴き出す。

指で舌を拭《ふ》きながら、泣きそうな顔で左近に言う。

「旦那、初音ちゃんが見つかりました。たった今、初音ちゃんの家に、お侍が知らせに来てくださったんでさ」

侍が知らせに来たと聞いて、左近は胸騒ぎがした。

「無事なのか」

「それが……ひどい傷を負わされているらしく、たった今、二親《ふたおや》がお屋敷に向かったんで、急いで呼びに来たんでさ。旦那、賊の野郎どもは逃げたようですぜ」

「お前さん、初音ちゃんはどこにいるの」

およねの問いに、権八が答える。

「筑後柳河藩《ちくごやながわはん》のお下屋敷だ」

聞いた左近は、安綱をにぎって庭に下りた。

「あっしは、又八っつぁんの家で留守番をしていますよ」

権八が言う。

大名屋敷などの堅苦しい場所が苦手なのだ。

「わかった」

応じた左近は、初音を案じるお琴と共に出かけた。

途中で小五郎が追いついてきたので、左近とお琴はさらに先を急いだ。

そして下屋敷に到着すると、初音と親しい者だと告げて中に通してもらい、藩士から話を聞いた。

宗六の手下に背中を斬られた初音は、柳河藩士たちの手で屋敷に運び込まれ、手厚い治療を受けて一命を取り留《と》めていた。

この時下屋敷では、藩主立花飛騨守《たちばなひだのかみ》が静養のために滞在しており、帯同《たいどう》していた御殿医《ごてんい》によって、初音は命を救われたのだ。

左近は身分を明かさず、浪人として、初音がいる部屋に通してもらった。

両親に見守られながら臥《ふ》していた初音は、お琴の顔を見て涙をこぼした。

「房五郎さんが……」

そう言うと、背中の痛みに襲われて顔を歪め、むせび泣く。

左近は、初音についていた若い藩士を促して外に出た。

「共にいた者は、どうなりましたか」

左近が訊くと、若い藩士は辛そうに告げる。

「連れの者がいたと聞いて捜しに行ったところ、無惨《むざん》な姿になっておりました。骸《むくろ》は自身番に運んでおります」

左近は残された初音の悲しみを思い、目を閉じる。

藩士が続ける。

「斬った者を捜したのですが、どこにも見当たらなかったので、あとは町方にまかせております」

静養している藩主を気遣《きづか》い、厄介《やっかい》ごとを避けたいのであろう。

うなずいた左近は、初音のところへ戻った。

「そなたたちをこのような目に遭わせたのは、鬼の宗六一味か」

左近の問いに、初音が力なくうなずく。

「房五郎と一緒に逃げていた時に捕まり、どこかに連れていかれたのなら、その場所を教えてくれ」

「よくわかりません。捕まった時は目隠しをされていて……。でも、ここから遠く離れてはおりません。田圃の向こうにある、敷地に土蔵がある屋敷です」

田圃の向こうには、寺や町家が建ち並んでいる。

土蔵を持った屋敷も多いのだ。

初音が見ればわかるだろうが、動かせる状態ではない。

左近は訊いた。

「他に覚えていることはないか」

初音は辛そうに首を横に振った。

「もう、このあたりで」

付き添っていた御殿医が止めたので、左近は部屋の外へ出た。

廊下の下に現れた小五郎が、左近に告げる。

「近辺を探ってみます」

「よい。一味が現れる場所はわかっている。お琴を頼む」

「はは」

左近は一人で屋敷の外へ出て、日が暮れた道を歩んでいった。


「先生方、松竹屋の別宅を守る者の相手を頼みますぜ」

宗六が念を押すと、二人の浪人がうなずいた。

「まかせておけ。町道場の者など、これまで何人も斬っておる我らの敵ではない」

「すぐに斬り捨ててくれる」

それぞれが自信に満ちた顔で言うので、宗六もうなずいた。

「狙った獲物を逃さぬのが、この宗六だ。お宝をいただいて、山分けといきやしよう。二年や三年、遊んで暮らせますぜ」

「そいつは楽しみだ」

浪人どもが顔を見合わせて、ほくそ笑んだ。

「野郎ども、行くぜ」

宗六が命じるや、応じた手下どもが走り出た。

黒装束《くろしようぞく》を身にまとい、砂煙を上げながら小梅村の夜道を走り、松竹屋の別宅へ向かう。

竹垣《たけがき》で囲われた別宅の裏の木戸に取りつこうと向かっていると、前方の木陰から、男の人影がつと現れた。

「むっ」

立ち止まった手下どもが、油断なく構える。

その者どもの前に出た二人の浪人が、男と対峙《たいじ》する。

「外にも見張りがいたとはな」

片方の浪人が言うや、抜刀《ばつとう》して前に進み、男に斬りかかった。

袈裟《けさ》懸《が》けに打ち下ろす一撃で、男は斬られたかに見えた。

だが、倒れたのは浪人のほうだ。

刀を打ち合うでもなく、剣筋を見切っての返り討ちに、皆が息を呑《の》む。

その者どもの前にずいと出たのは、安綱を提《さ》げた左近だった。

先に動いたのは、宗六の手下どもだ。

人を殺《あや》めることをなんとも思わぬ非道の輩を、左近は容赦《ようしゃ》せぬ。

刀を振りかざして向かってきた手下どもを、左近は一刀のもとに斬り伏せていく。

凄《すさ》まじき葵一刀流の剛剣を目《ま》の当たりにした宗六は、浪人の後ろに隠れた。

「先生、頼みますよ」

「おう、まかせろ」

太刀筋《たちすじ》を見ていた浪人が、手下どもを倒した左近の前に立ちはだかり、すらりと刃を抜いた。

「なかなかやるな。刀の錆《さび》にするには惜しいが、退《ひ》けと言うても聞くまい」

左近が応じて対峙する。

「民を苦しめる悪党を、葵一刀流が斬る」

「おもしろい」

浪人が余裕の笑みを浮かべながら言い、急に鋭い表情となる。一拍の間を置き、裂帛《れっぱく》の気合と共に前に出た。

左近は、打ち下ろされる浪人の刃を安綱ですり流し、前に出る。すれ違い、互いに振り向いたところで浪人が刀を振り上げたが、腹を深々と斬られていることに気づき、目を見開いた。

「くっ、うう……」

浪人は刀を落とし、呻き声を吐いて倒れた。

その刹那《せつな》、左近の背後に回った宗六が斬りかかった。

油断のない左近が、後ろに目があるかのごとく一撃をかわし、左近の前に出て振り向きざまに斬ろうとした宗六を、一刀のもとに斬り伏せた。

倒《た》れる宗六に険しい眼差しを向けた左近は、目を閉じ、安綱をにぎりしめた。

絶えることのない悪を嘆《なげ》き悲しみ、込み上げる怒りを鎮《しず》めるために、左近は長い息を吐いた。

世の安寧《あんねい》を願う左近の身に迫ろうとしている危機を暗示するかのごとく、頭上に輝いていた月を黒雲が覆い隠したのは、宝刀安綱を鞘《さや》に納めた時だった。

暗闇の中で空を見上げた左近は、視線を地上に戻した。

彼方《かなた》で微《かす》かに浮かぶのは、本所の明かりだ。

左近は、明かりに導かれるように、その場をあとにした。

第四話　左近暗殺指令

※

雨に霞《かす》む村はずれの野原に、一頭の馬がたたずんでいる。歩くのもままならぬこの馬は、長年荷を運び、人のために働いてきたのであろうが、老馬《ろうば》となって病《やまい》にかかり捨てられたのだ。

捨てたのは、甲州街道《こうしゅうかいどう》を旅する者を相手に商売をする馬子《まご》であるが、銭を稼がぬ馬を食わせる余裕などなく、殺してしまうのも可哀そうで、街道からはずれた草むらに置き去りにしたのだ。

それから馬は、ずっと同じ場所にいる。

寂しげな目で、街道を行《ゆ》き交《か》う人々を見ているのだ。

草も食《は》まず水も飲まぬ馬は、やがて横たわり、静かに死んでいった。

「捨てられてわずか二日で死んでしまったのだから、飼い主も最期を看取《みと》ってやればよかったのに」

「ほんに、可哀そうだよう」

こう言ったのは、捨て馬に気づきながらも、見ていることしかしなかった村の者たちだ。

馬なら、まだましと言えよう。

つい先日は、田畑に囲まれた小高い丘の上に聳《そび》える松の大木の下に、生まれて間もない赤子が捨てられ、烏《からす》の餌食《えじき》になっているのが見つかった。

むごたらしい姿の赤子を見つけたのは、馬で遠乗りに出た旗本で、江戸城本丸の小姓《こしょう》をしている者だった。

松の下で烏が群れる中、微《かす》かに赤子の泣き声を聞いた小姓は、

「まさかな」

と思いつつも、気になって確かめに行ったのだ。

助けた時にはまだ息があったのだが、烏につつかれたことと、腹を空かせていたことが災《わざわ》いし、間もなく息を引き取ってしまった。

このことは将軍綱吉《つなよし》の耳にも届き、綱吉の生母、桂昌院《けいしょういん》の知るところとなった。

桂昌院は、己の身可愛さに、守るべき者を平気で捨てた親の薄情さを嘆《なげ》いた。

そして、綱吉の嫡子《ちゃくし》徳松《とくまつ》がこの世を去ってしまったのも、未《いま》だ世継ぎに恵まれぬのも、人々が命を粗末にすることが怨念《おんねん》となって城に集まり、災いとなっているのだと言い、本丸御殿の黒書院《くろしょいん》に僧侶を招いて、災いを鎮《しず》めるための安鎮法《あんちんほう》をおこなった。

これ以後、殺生《せっしょう》を禁止する法を発布《はっぷ》するという綱吉の思いは、ますます強まってゆく。

そして年が明けて間もなく、綱吉はついに、新法の発布に踏み切ったのである。

一

この日、新見左近は、根津の藩邸で書類に目を通していたのだが、新法発布後の江戸市中のことが気になり、半刻《はんとき》(約一時間)が過ぎるというのに一向に作業が進んでいなかった。

そばに控えて開墾《かいこん》の費《つい》えについての裁可《さいか》を待っている雨宮真之丞が、次の仕事に入れぬので、困惑した顔を間部詮房に向けた。

間部がわざとらしい空咳《からせき》をして、文机《ふづくえ》に向かって考えごとをしている左近に言う。

「殿、やはり新法のことが気になられますか」

左近は間部に目を向け、ふたたび書類に視線を戻した。

「農地開墾のことはこれでよかろう。あとは、そなたたちにまかせる」

左近がそう言って書類を渡すと、間部が受け取って確認し、雨宮に顔を向けてうなずく。

雨宮が安堵《あんど》の表情で頭を下げ、書類を押しいただくようにして立ち去った。

左近は間部に、将軍綱吉が定めた新法について問おうとしたのだが、庭の気配に気づいて顔を向けた。

いつの間にか現れた吉田《よしだ》小五郎が、片膝《かたひざ》をついて控えている。

左近は立ち上がり、広縁《ひろえん》に出て訊《き》く。

「市中の様子はどうだ」

「混乱が生じております。特に魚河岸《うおがし》では、新法に不服を唱《とな》える者たちと役人が揉《も》めることが多く、捕らえられる者も出ております。大工の権八殿などは、魚が食えぬと嘆いて、朝からやけ酒を呷《あお》っております」

「さようか」

左近は権八の姿を想像して、ため息をついた。

綱吉が殺生を禁止する法令を発布したのはひと月前だが、民はこれを無視して魚や鳥を売買していた。

そこで公儀は二度目の発布をおこない、役人を増やして周知を徹底させた。

法令では、魚貝と鳥を生きたまま売るのを禁止してしまったので、身近なところでいえば、蜆《しじみ》売りや鶏《にわとり》を売る者は商売ができない。

これから旬《しゅん》を迎える栄螺《さざえ》や、夏を乗り切るために食される鯉《こい》なども、生きたまま売られないとなると暑さで腐ってしまうので、店で売るのが難しくなる。

日々暑さが増していくこれからの季節、鮮度が命の魚で商売をする者にとって、新法発布は納得できるものではなく、揉めるのも当然だ。

商売以外では、捨て子があれば、ただちに役所に届けるのではなく、ところの者が養育、または子を欲しがる者に渡すなどして哀《あわ》れみをかけること。病馬《びょうば》の投棄《とうき》禁止。動物、特に犬への虐待《ぎゃくたい》は厳しく取り締まられることが告げられた。

近頃江戸では、子を授《さず》かっても養《やしな》えぬことを理由に捨てる者が増えていたので、綱吉が発布した法令には、左近も一部は賛同できていた。

だが、食べるための殺生まで禁止するのは、生業《なりわい》にしている者の立場になってみれば死活問題だ。

魚や鳥肉が手に入りにくくなれば、米と野菜の消費量が上がり、値も吊り上がっていく。その日暮らしをする者が多い江戸市中で食べ物の値が上がれば、働いても食えぬ者が出るであろう。

米の売値が上がることは、年貢米で生計を立てる武家にとっては喜ばしいことであるが、買う側はたまったものではない。

江戸市中で混乱が生じていると知った左近は、新法に対する民の不満が募《つの》り、大規模な騒動になるのではないかと案じた。

それだけは避けねばならぬ。

そう思った左近は、間部に命じて登城の段取りをさせた。

城から登城の許しが得られたのは、三日後だ。

左近はただちに登城して将軍綱吉に会い、新法の廃止を求めた。

だが、綱吉は応じない。

「江戸市中のことは、そちに言われるまでもなく知っておる」

こう切り出した綱吉は、左近に厳しい目を向けて続ける。

「日常の暮らしが変わるのだ。民が戸惑うことは想定しておる。慣れておらぬことに直面して混乱するのは、当然のことだ。だが安心しろ、人というものは、いかなることにも慣れるようにできておる。初めは苦に思うても、ひと月かふた月もすれば、それが当たり前になるのだ。法を破る者を厳しく罰すれば、なお黙る。そうであろう」

「恐怖で民を押さえつけるおつもりですか」

左近が問うと、綱吉はうなずいた。

「余《よ》の考えに従わぬ者と邪魔をする者には、より厳しい罰を与える。相手が誰であろうと容赦《ようしゃ》はせぬ。そちも、肝《きも》に銘《めい》じておくことじゃ」

綱吉は穏やかな顔で諭《さと》すように言ったが、そばに控えている柳沢保明《やなぎさわやすあき》の顔は怒りに満ちている。意見をする左近に対する、綱吉の寛大さが気に入らないのだ。

綱吉とて、敬愛する母桂昌院にすすめられて発布した新法のことを左近に意見されて、おもしろいはずはない。

だが綱吉は、左近を咎《とが》めなかった。

甲州様と呼ばれ、民からも慕《した》われる左近が賛同してくれさえすれば、殺生法度《せっしょうはっと》の新法がより早く浸透《しんとう》すると思っているのだ。

市中の混乱について、綱吉は誤解があるとも続けた。

「魚河岸の者どもは血の気が多いようだ。町役人の話を最後まで聞かずに食ってかかり、新法に従おうとせぬ。余は、魚貝を売ってはならぬとは一言も言うてはおらぬ。生きたままではいかぬ、と申しておるのだ」

「何ゆえ生きたまま売買してはならぬのか、理解できぬのでございましょう」

左近が意見を述べると、綱吉は穏やかな目をして言う。

「そちはわかっておるのか」

「いえ、わかりませぬ」

「生きた魚を親が買えば、家に持ち帰って子の前でさばかねばならぬ。鶏とてそうじゃ。食うためとはいえ、包丁で首を落とし、羽をむしるのを、物心つかぬ子に見せるのはいかがなものか。馬を捨て、子までも捨てる者が多いのは、なぜだと思う」

問われて、左近は答えた。

「己のことしか、考えられぬからでございましょう」

綱吉はうなずいた。

「それもあるが、死をなんとも思うておらぬからだ。親が、食うために動物を子の目の前で殺して見せる。幼《おさな》い時から日常で生命の死を見て育てば、己が生きるために、他の命を犠牲にするのは当然だと思うてしまう者もおろう。そのような者が罪を犯《おか》せば、ためらうことなく人を殺《あや》めてしまう。戦国の世で、生き残るために他国を滅《ほろ》ぼすのが当たり前と思われていたのと同じことだ。人は、生命を犠牲にして生きておるとは思わぬか」

「しかしながら、畜生と人の命の重さは違いまする。人は食わねば生きてはいけませぬ。そのための殺生は、お許しになるべきかと存じまする」

「動物を食さずとも、人は生きてゆける。現に余は、長らく肉魚を口にしておらぬ。寺の僧もしかりじゃ。子のこころを育《はぐく》む過程で生き物を殺すところなど、見ぬに越したことはない」

「それゆえの、新法発布でございますか」

「さよう。殺生を禁じ、生類《しょうるい》を憐《あわれ》むこころを育めば、いずれこの世から極悪人は消滅する。余は、そう信じている。しかし、すぐに従わせようとしても無理なのはわかっておる。それゆえ、死んだ魚貝や鳥肉を売るのは禁じてはおらぬ」

確かに綱吉の言うとおりだ。理解を深めて法を守れば、決して悪いものではない。

だが今は、急な発布に民は動揺し、混乱が生じている。

これをなんとかするべきだと言上《ごんじょう》した左近であったが、生類を憐むこころを育むという考えには賛同した。

左近の理解を得て、綱吉は安堵した。

「わかってくれたか、綱豊」

「はは」

「では、これからも余の力になってくれ。何か起きた時は、頼むぞ」

「承知いたしました」

左近は頭を下げた。

だが、この日から半月もしないうちに、江戸の民の不満は思わぬかたちで現れた。

「甲州様が公方様になれば、くだらぬ法を廃してくださる」

「そうだそうだ。甲州様が将軍になればいい」

新法で生活が困窮《こんきゅう》した者たちから、そういう声があがりはじめ、短いあいだに江戸中に広がった。

それだけならまだよかったのだが、生類憐みの令は、諸大名のあいだでも評判が悪かった。

公儀の目が届きにくい国許《くにもと》に暮らす大名の家臣たちの中には、法を無視して魚釣りを楽しみ、狩りをする者もいたのだが、江戸に暮らす者はそうはいかぬ。

動物の犠牲の上に成り立っていた暮らしが一変したことで不満が溜《た》まり、諸大名のあいだでも、左近を将軍に望む声がささやかれはじめたのだ。

そういう雰囲気を察知した柳沢保明は、綱吉に報告をした。

しかし綱吉は、

「捨て置け」

この一言で片づけてしまい、噂《うわさ》に翻弄《ほんろう》されることはなかった。

泰平の世に、新法に異を唱えて謀反《むほん》を起こす大名があろうはずがないと言い、鼻先で笑ってみせたのだ。

だが柳沢は、左近を警戒した。

五代将軍の座を争った左近を、諸大名が担《かつ》ぎ上げるようなことがあれば、城であぐらをかいていては勝てぬとわかっているからだ。

だが、綱吉が捨て置けと言うからには、柳沢もこれ以上のことは言えぬ。

黙って引き下がった柳沢であるが、腹の底では、目障《めざわ》りな左近を排除する策を考えはじめていた。

二

新法発布で揺れ動いた春が終わり、季節は夏へと変わった。

将軍綱吉は、ひと月かふた月過ぎれば落ち着くと言っていたが、世の中は相変わらず混乱の中にある。

春先から甲府に新法を定着させることに努めていた左近は、国許から届けられた書状で、領民のあいだでは大きな混乱も起きず穏やかな暮らしをしていることを知り、胸をなでおろしていた。

そばに仕《つか》える間部が、

「たまには、息抜きをされてはいかがでございますか」

と外出をすすめてくれたので、左近は応じて久々に出かけた。

藤色の着流し姿で浅草にくだり、お琴の店へ向かった。

市中の様子は噂に聞くほど混乱はなく、行き交う人々の顔も明るい。

花川戸町の通りへ入ってみれば、お琴の店も変わらぬ繁盛《はんじょう》ぶりだ。

裏手に回るため店の前を歩いていた時、客を送り出したお琴が左近に気づき、ぱっと明るい顔をした。

左近は軽くうなずき、裏に回って中に入った。

奥の部屋に座り、手入れが行き届いた庭を眺《なが》めていると、新法のことで忙しくしていた日々のことを忘れさせてくれる。

左近は畳に横になり、肘枕《ひじまくら》をした。

店の客とおよねが笑う声がいかにものどかで、こころを落ち着かせる。

いつの間にか眠ってしまったらしい。気づけば、香りのよい羽織《はおり》がかけられていた。

左近が起き上がると、後ろに座って縫い物をしていたお琴が優しく微笑《ほほえ》む。

「すまぬ、眠ってしまったようだ」

お琴が首を横に振る。

「ずいぶん疲れた顔をしておられましたから、少しでもお休みになられてよろしゅうございました」

「そんなに疲れた顔をしていたか」

「はい」

「さようか」

左近は頰《ほお》をさすり、苦笑いをした。

お琴は縫い物の手を止めて台所に立ち、酒肴《しゆこう》を整えてきた。

膳《ぜん》には、梅干しと大根おろしと刻《きざ》み昆布《こんぶ》を混ぜた一品料理が置かれている。

一口食べた左近は、目を見開いた。

梅干しの酸味が程よく、食欲をそそる。

「これは旨《うま》い」

「およねさんが、左近様がお疲れのご様子だからと言って、作り方を教えてくれました」

「さようか」

左近はもう一口食べ、お琴が注いでくれた酒を飲んだ。

権八が顔を出したのは、程なくのことだ。

「旦那が来られているとかかあから聞いたんで、お邪魔を承知で来やした」

「久しぶりだな、権八殿」

「ほんとですぜ、旦那。長々とお琴ちゃんを一人にしていると、悪い虫がつきますよ」

左近が返答に困っていると、およねが後ろから権八の頭をたたいた。

「痛《い》てっ！　何しやがる！」

「お前さんが来るなり変なこと言うからだよ。おかみさんが、他の男を相手にするもんかね」

権八は負けじと言い返す。

「馬鹿だね、お前は。悪い虫ってのはな、こっちが嫌っても近づくから悪い虫ってんだ。目をつけた女が男と離れていると知りゃあ、是が非でも自分の物にしようと張り切る。優しいだけじゃなく、強引な男にころりと転ぶのが女心というもんだろう」

「そんなのは男の勝手な思い込みだよ。少なくともおかみさんは、他の男にゃ目もくれないね。そうでしょ、おかみさん」

「もちろん」

お琴は強い口調で言い、左近を見て笑みを浮かべた。

すると権八が、左近に気づかれぬようにして、お琴に目配せをした。

長らく顔を見せなかった左近に危機感を与えるために、今はそういうことにしておけと言いたいのだが、伝わるはずもない。

お琴は首をかしげて、訊く顔を向けている。

権八は片目をつむって、顎《あご》で左近を示してみせた。

それを見たお琴が、

「権八さん、目が痛いの」

呑気《のんき》に訊くので、権八はのけ反《ぞ》って首を横に振る。

「少しは心配をかけるくらいじゃないと、また長いこと放っておかれると言ってるの。旦那、お琴ちゃんが優しいもんだから甘えていなさるんでしょうが、年頃の女をいつまでも一人にしておくと、痛い目に遭《あ》いますぜ」

「いい加減におしったら！」

権八がしつこいので、およねが叱《しか》った。

「ごめんなさいね、左近様。この人ったら、初鰹《はつがつお》が食べられなかったもんだから、ずっと機嫌が悪いんですよ」

「あたぼうよ。江戸っ子はな、初鰹を食わなきゃ死んじまうんだ」

「馬鹿なこと言わないの。お上が決められたんだから、仕方ないだろ。まったく子供なんだから」

左近が訊いた。

「どうして初鰹を食べなかったのだ」

「どうしてって……」

およねが呆《あき》れ顔をした。

「左近様、浮世離れもたいがいにしてくださいな。生類憐みの新法が発布されたのを知らないんですか」

およねが小馬鹿にして言うので、左近の正体を知るお琴が慌《あわ》てた。

「およねさん、そんな言い方……」

左近はお琴を目顔で止め、およねに言った。

「新法は、生きた魚や貝類の売買を禁じてはおるが、鰹などは店に並ぶ時には死んでいるのだから、法には触れぬ。どうして手に入らなかったのだ」

「今は魚も手に入りますけどね、初鰹の時季には混乱していて、ほとんどの店で売ってなかったんですよう。あるじが頭のいい店では、早く理解して売ってましたけど、少量だからあっという間に売り切れてしまいましてね。あると思って買おうとしたら、十両も二十両もするもんだから、手が出せなかったんですよ」

「なるほど、そのようなことになっていたのか」

権八やおよねの姿を見て、江戸市中に不満が蓄積《ちくせき》していると感じた左近は、悪いことが起きねばよいがと案じた。

権八と酒を酌《く》み交《か》わした左近は、藩邸には帰らず、お琴と一夜を過ごした。

お琴は決して口には出さぬが、左近が来るのを毎日待っている。

左近とて、お琴と共に暮らしたいのだが、藩邸に入ることを拒《こば》むのを無理に連れて帰るつもりはない。

「このままで、幸せでございます」

そう言うお琴と、熱い情を交わした左近は、翌朝には藩邸に戻らなければならなかった。

「次は、ゆっくり来よう」

寂しげな顔で見送るお琴にそう告げた左近は、まだ薄暗い道を歩み、帰途についた。

静かな不忍池のほとりを歩み、上野山の小鳥のさえずりを聞きながら坂道をのぼった左近は、谷中のぼろ屋敷に寄るつもりもなく、門前を素通りした。

背後に殺気を覚えたのは、その時だ。

立ち止まった左近は、宝刀安綱の鯉口《こいぐち》を静かに切る。

「つあっ！」

気合の声に応じて振り向き、抜刀《ばっとう》した安綱で相手の刀を弾《はじ》き上げた。

「むっ！」

葵一刀流の剛剣に驚いた曲者《くせもの》が、覆面の奥にある目を見開く。

間合いを空けて刀を正眼《せいがん》に構えなおす曲者に対し、左近は安綱を右手に提《さ》げ、悠然《ゆうぜん》と立っている。

曲者は身なりも清潔で、浪人ではないようだ。

左近が厳しい声で問う。

「誰の差し金だ」

曲者は答えず、刀を正眼から下段に転じた。

流れるような刀の動きと足の運びには、寸分の隙《すき》もない。

――できる。

左近がそう思った刹那《せつな》、曲者が猛然と前に出た。

「おうっ！」

気合と共に下段から斬り上げられる刃《やいば》を紙一重《かみひとえ》でかわした左近は、返す刀で打ち下ろそうとした曲者の一瞬の隙を突いて懐《ふところ》に飛び込み、胴を払った。峰打《みねう》ちである。

苦痛に呻《うめ》き声を吐いた曲者が、刀を落として腹を押さえ、顔を歪《ゆが》めて膝をつく。

左近はその者の背後に立ち、首に安綱を押し当てた。

「申せ。誰の指図だ」

「ふ、ふふふ」

曲者は苦しみながらも笑った。精一杯の抵抗だ。

次の瞬間、いきなり脇差を抜いて腹に突き入れ、自害して果てた。

倒れた曲者を見下ろした左近は、右腕の痛みに顔を歪める。刃をかわしたつもりであったが、傷を負わされていたのだ。

手首を伝って落ちる血を見て、左近は腕を押さえた。

このまま藩邸に戻れば、間部たち家臣が騒ぐであろう。

二度と一人で外へ出られぬようになると思った左近は、上野に戻り、北大門《きただいもん》町《ちょう》に暮らす医者、西川東洋を頼った。

傷の具合を診《み》た東洋が、

「幸い傷は浅うございますが、熱が出るやもしれませぬので、ご無理は禁物です」

そう言いながら、険しい顔をしている。

「それにしても、甲州様が斬られるとは……。相手は相当な遣《つか》い手《て》ですな。何者です」

「わからぬ。谷中の屋敷で待ち伏せしていたところを見ると、余の正体を知ったうえで襲うたのは間違いない」

「だとすると、これは将軍家からの脅《おど》し……いや、本気でお命を取りに来たのではございませぬか。市中では、将軍家に対しておもしろうない噂がささやかれておりますからな」

「余を将軍に望む声か」

「はい。こたびは命拾いをされましたが、次はどのような手で来るかわかりませぬ。くれぐれも、油断なされませぬように」

東洋に言われて、左近は考え込んだ。

東洋がさらに続ける。

「噂が収まるまで、以前と同じ手を使われてはいかがでございますか」

仮病《けびょう》を使って藩邸に籠《こ》もることをすすめられて、左近はその気になった。しばらく城に顔を出さねば、将軍にと望む大名たちも静かになろう。

以前も、仮病を使って、将軍になるつもりがないことを示したのだ。

このことを知る綱吉は、安堵するに違いない。

左近は東洋に礼を言い、急いで藩邸に帰った。

自室に入り着替えをしていると、廊下を走る音がして間部が現れた。厳しい表情で、顔を青ざめさせている。

「殿、お怪我《けが》をされたとは、まことでございますか」

耳の早さに、左近は驚いた。

「何ゆえ知っておるのだ」

「山川《やまかわ》殿の目はごまかせませぬ」

「あ奴め」

左近は苦笑いをした。

老臣山川は、藩邸の庭に左近の抜け穴を作り、守っている人物だ。常々、左近の出入りを見守るだけに、腕をかばう姿をいぶかしく思ったのだろう。

「ほんのかすり傷だ」

「誰と斬り合いになられたのですか」

「将軍家の刺客」

「なんと！」

驚愕《きょうがく》する間部に、左近がふっと笑みを浮かべる。

「東洋はそう申していたが、まだ決まったわけではない」

「いいえ、東洋先生のおっしゃるとおりかもしれませぬ。巷《ちまた》での噂は、将軍家にとっては耳障《みみざわ》りでしょうから」

「そこで、余はしばらく病になる」

「以前に使われた手を、もう一度使われますか」

「そのおかげで、余は将軍にならずにすんだのだ。仮病を使えば、上様も余の気持ちをわかってくださろう」

脅しに屈するようで悔しいと間部は言ったが、今は左近の命が大事。

「そのように、公儀に届けまする」

「よろしく頼む」

「では殿、病人は病人らしく、当分のあいだ外には出ず、おとなしくしていてくださいまし」

「うむ？」

「うむ？　ではございませぬ。一歩も外に出られてはなりませぬ」

左近は困った顔をした。病気療養を理由に市中へくだり、谷中のぼろ屋敷で浪人として暮らすつもりだったのだ。

間部は、左近の考えを察したかのごとく言う。

「谷中の屋敷は警固《けいご》が手薄になりますので、行くのはお控えください。お琴様にお会いになりたくば、藩邸にお招きください」

「お琴はここにはまいらぬ」

「小五郎殿とかえで殿が目を光らせておりましょうが、刺客がどのような手を使ってくるかわかりませぬので、市中でお会いになるのは危のうございます」

「そのことだ。刺客は谷中の屋敷で待ち伏せをしていた。余がお琴の店に通っていることも、知っておるのやもしれぬ。もっとも、小五郎とかえでが目を光らせているので、抜かりはないだろうが」

そう言ったものの、左近は心配だった。

藩邸に招きたいのはやまやまだが、お琴は拒むであろう。

「病気療養の願いを出せば、余の命を狙う者は安堵するはずだ。争いを避けるためにも、早急に届けてくれ」

「かしこまりました」

間部は左近に従い、部屋から出ていった。

三

間部詮房から左近の病気療養願いが出されたのは、その日の夕刻のことである。

江戸城内ではなく城下の屋敷で間部と会った柳沢は、左近の病気療養の件を聞いて顔をしかめたが、胸の内ではほくそ笑んでいた。

「あいわかった。上様には明日ご報告するゆえ、今日は下がられよ。結果は、追って知らせる」

柳沢はそう言うと立ち上がり、神妙な顔で頭を下げた間部の前から去った。

翌朝、柳沢から知らせを受けた将軍綱吉は、左近の心中を察して、難しい顔をした。

「あ奴め」

左近とは新法の件で意見が合わぬことがあるものの、綱吉にとって頼りになる男に変わりはない。

知らせをしてきた柳沢は、綱吉の返答を待っている。

綱吉は訊いた。

「綱豊は、登城もせぬと申しておるのか」

「はい」

「仮病に決まっておる。噂を耳にして、余に気を使っておるのだ」

柳沢が、綱吉の顔色をうかがいながら言う。

「上様のおっしゃるとおり、仮病でございましょうが、こたびは、将軍の座を争った時とは様子が違うように思います」

「何が違うのだ」

「以前は、将軍の座を嫌っての仮病でございましたが、今回は、新法のことで上様に逆ろうておられます。根も葉もない噂を、本気にされての行動ではないかと……」

綱吉が鋭い目を向けた。

「余に代わって、将軍になる気だと申すか」

「甲州様は新法のことを、よくは思うておられませぬ。甲州様を慕う大名もおりましょうから、油断は禁物かと」

綱吉は不機嫌極まりない顔をして、扇子《せんす》を膝に打ちつけた。

「そちの申すことは、万にひとつもなかろう。綱豊が仮病を使《つこ》うて屋敷に引き籠もるのは、余に二心《ふたごころ》を抱いておらぬと言うておるのだ。大名どもの期待をかわすために、隠れる気に違いない」

左近に甘い綱吉に、柳沢は険しい顔で続ける。

「甲州様が、おとなしく屋敷に籠もられるとは思えませぬ。素浪人になりすまして、みだりに市中を出歩かれましょう」

「悪人を退治するなら、それもよかろう」

「では、病気療養をお許しになられますか」

「当分のあいだは、好きにさせてやれ」

綱吉があしらうように言うと、黙ったまま横に控えていた牧野備後守成貞《まきのびんごのかみなりさだ》が畳に両手をついた。

「上様に、お願いがございまする」

「うむ、申せ」

「こたびの病気療養願い……それがしは、甲州様に謀反の動きありと疑っております。登城を免除されては、甲州様の様子をうかがえませぬので危険かと」

「備後」

「はは」

「そちは綱豊を嫌《きろ》うておるので疑いたくもなろうが、綱豊は余を裏切りはせぬ」

綱吉は、かつて牧野が、深川の狩場で左近の命を狙ったことを暗に示して牽制《けんせい》した。

牧野が井坂伯周才《いさかはくしゅうさい》なる老剣客を使って、左近を暗殺しようとした一件の全容を、綱吉はつかんではおらぬ。だが、深川の狩場で起きた騒ぎは、牧野が左近の命を狙ってのことではないかと、のちのちになって、柳沢が耳打ちをしていた。

そのことが原因かどうかはわからぬが、近頃綱吉は、妻子を差し出してまで忠義を示してきた牧野を遠ざけるようになっている。

かわりに綱吉の信頼を得ている柳沢は、牧野の言葉を利用することを思いつき、言葉を発した。

「巷の噂もございますので、牧野殿が甲州様の謀反を疑われるのは無理もないことかと」

すると、綱吉が驚いた顔を向けた。

「弥太郎《やたろう》、そちまで何を言うか」

「甲州様も、噂を気にされての病気療養でございましょう。されど、噂は甲州様自身の行動から出たものではないかと睨《にら》んでおります」

「綱豊が謀反をたくらんでおると申すか」

「まったく疑わぬのは危のうございます。そこで、甲府藩に見張りをつけてはいかがかと」

「忍びを送るのか」

「はい」

「無用じゃ」

綱吉は即答した。

「余が見張りを送ったと知れば、綱豊は気分を害するであろう。疑われたことに腹を立て、余に歯向かわぬとも限らぬ。そうなれば、綱豊を将軍に望む者どもの思うつぼじゃ。寝た子を起こすような真似《まね》はするな」

柳沢は、もっと厳しくするべきだと言おうとしたのだが、ここで綱吉の怒りを買えば、老中たちのように遠ざけられると思い、ぐっとこらえた。

綱吉は、堀田《ほった》大老が稲葉石見守正休《いなばいわみのかみまさやす》に刺殺されて以来、幕閣の者たちとめったに会わなくなっている。両者のあいだを取り次ぐ柳沢は次第に発言力を増してゆき、今では老中たちさえ顔色をうかがうようになった。

将軍の代弁者として天下に号令していると自負する柳沢は、将軍綱吉に抗《あらが》う者は己に抗う者かのごとく、敵視するようになっている。まして相手が、将軍にもっとも近い立場の左近であれば、綱吉に取ってかわれる人物だけに、柳沢が警戒し、敵視するのは当然と言えよう。

綱吉とて愚《おろ》かではない。

側近中の側近である柳沢のこころの動きは、十分に理解している。

左近と柳沢が衝突することだけは避けたい綱吉は、左近の謀反を警戒する柳沢の疑いを晴らすには、どうすればいいかを考えた。

江戸市中で事件が起きたのは、そんな時だった。

四

「生類憐みの新法など、くそ食らえだ」

侍にあるまじき汚い言葉を吐いたのは、千石の旗本、浅村善吾《あさむらぜんご》だ。

無役だが、譜代《ふだい》の旗本家当主である浅村は、他家の酒宴に招かれた帰り道に、共に帰っていた曽根田《そねだ》という旗本に不平を漏らしたのである。

「つまらぬ酒宴であった。本多《ほんだ》の奴め、お咎めが恐ろしゅうて料理に魚も出しておらぬ。死んだ物なら求められるのだと教えてやっても、食わぬに越したことはないと言いおった。まったく情けないが、わしも同じことじゃ。父上が生きておられれば、公儀の目を気にして好物の鳥肉を食わぬわしを見て、なんと言われると思う。善吾、貴様それでも武士か、とお怒りになり、首を刎《は》ねられるわ」

「いや、さすがにそこまではされまい。上様に逆らうことは、お家を失うことになりかねぬのだ」

　曽根田は苦笑いでなだめたが、浅村は笑みで言う。

「おぬしは父上の恐ろしさを知らぬから、そう言えるのだ。この世におられぬのは寂しいが、今となっては救いだ。父上ならば、新法など納得がいかぬと怒り、上様に意見具申《ぐしん》されたであろう。わしの口に無理やり鳥肉を押し込み、恐れず食えと申されたはずだ。あの恐ろしい顔で怒鳴られ、刀を振り上げる姿を思い浮かべるだけで、身震いがする」

　半分冗談で、半分は本気の話をしながら歩いていた浅村は、小石川《こいしかわ》にある伊予《いよ》今治藩《いまばりはん》の下屋敷の森から飛んできた黒い影に足を止めた。

　道端の草むらに舞い降りたのは、雉《きじ》である。

　よく肥《こ》えた雄《おす》の雉を見た浅村は、

「や、旨そうな」

　と、舌なめずりをした。

　新鮮な鳥肉が脂《あぶら》を落としながら焼ける光景と、塩をちょいと振って食べた時の豊潤《ほうじゅん》な味を想像した浅村は、ごくりと喉《のど》を鳴らしてあたりを見回した。

「曽根田殿、あれを肴《さかな》に飲みなおそうぞ」

「お、おい、本気で言うておるのか」

「案ずるな。見ている者はおらぬ」

だが、見られていた。

浅村が得意の小柄《こづか》を投げ打ち、見事に雉を仕留めた時、

「何をしている！」

と、いきなり怒鳴り声がしたのだ。

はっとして振り返れば、人気《ひとけ》がなかったはずの道に、二人の侍がいた。

黒塗りの編笠《あみがさ》を着けた二人は、裁《た》っ着《つ》け袴《ばかま》に羽織を着けた役人だ。

走ってきた役人は、浅村が仕留めたばかりの雉をつかみ上げ、鋭い目を向けた。

「我らは徒目付《かちめつけ》である。法を破るとは何ごとか。家名と身分を名乗られい」

高圧的な態度の徒目付に、酒に酔っている浅村が絡んだ。

「偉そうに言うな。たかが雉ではないか。これまでは、食いたい時に獲《と》っておったのだ。うるさいことを言わずに獲物をよこせ」

そう言って差し出した手を、徒目付の一人がつかみ、ひねり倒した。

したたかに腰を打った浅村が苦悶《くもん》する姿を見て、曽根田が刀に手をかけた。

「おのれ、旗本に向かって無礼な振る舞いは許さぬ」

するど、もう一人の徒目付が厳しく言う。

「法を犯したのは貴様らだ。神妙にいたせ！」

「何を！」

曽根田が抜刀した。

徒目付は鋭い目をして刀を抜き、対峙《たいじ》する。

こうなってしまっては、双方引かぬ。

「やあっ！」

曽根田が斬りかかり、一撃を受け止めた徒目付と鍔《つば》迫《ぜ》り合《あ》いになった。

これに慌てたのは浅村だ。

「待て！　殺生をしたのはこのわしだ。斬り合いなどするな！」

そう言って止めに入ろうとした浅村だったが、曽根田を斬ろうとした徒目付の刀が頭に当たってしまった。

「うっ！」

額《ひたい》から顎にかけて深々と斬られた浅村が、刀に手をかけることなく倒れた。即死である。

「おのれ！　よくも！」

曽根田は怒り狂い、徒目付に斬りかかった。

動揺した徒目付であるが、振り下ろされた刀を受け、必死に止めようとした。

押しに押す曽根田は、倒れた徒目付に一刀を浴びせようと振り上げた。

その背中に、もう一人の徒目付が刃を突き入れた。

「うおっ」

己の腹から突き出た血まみれの刀を見下ろした曽根田は、口から血を吐いた。

鬼の形相《ぎょうそう》となり、股の下に倒れている徒目付を睨む。

「ひっ、ひいいっ」

徒目付が悲鳴をあげて逃げようとしたところへ、曽根田が刀を突き下ろす。

だが、切っ先は首をかすめて地面に突き刺さり、曽根田はその横に倒れ伏した。

二人の徒目付は、小石川村で侍が燕《つばめ》を吹き矢で射殺《いころ》しているという通報を受けて探索に来ていたのだが、その帰り道でこの斬り合いになった。

二人は浅村と曽根田の骸《むくろ》を評定所《ひょうじょうしょ》に運び、斬り合いになった経緯《いきさつ》を包み隠さず話した。

これを受けた評定所では、法を破っておきながら抗った浅村と、先に刀を抜いた曽根田に非があると定め、両家を改易《かいえき》とし、徒目付の二人にはお咎めなしという裁断《さいだん》をくだした。

この決定に怒ったのが、旗本衆である。

特に、浅村家とは遠縁に当たる横手民部少輔忠重《よこてみんぶのしょうただしげ》は、神君家康《しんくんいえやす》公の頃から天下のために苦楽を共にしてきた家柄である浅村家と曽根田家を、たかが鳥一羽を殺したと言って斬り殺すとは何ごとかと憤慨し、評定所に怒鳴り込んだ。

齢《よわい》六十八の横手は、父親が関ケ原《せきがはら》の戦いと大坂の陣で武功をあげ、自身も将軍家綱《いえつな》の側衆《そばしゅう》として仕えたことを誇《ほこ》りにしており、旗本衆からも絶大な信用と人気を得ている。

その横手が、生類憐みの新法を天下の悪法だと罵《ののし》っていることは、幕閣の耳にも届いていた。

また横手は、左近が将軍になることを望んでいる人物でもある。

下手《へた》に咎めれば、横手は屋敷に籠城《ろうじょう》して一戦構え、左近を将軍に押し上げようとするだろう。そうなれば、賛同する者が続出し、八万騎といわれる旗本衆を敵に回すことにもなりかねない。

「これは厄介《やっかい》なことになった」

と、評定所の面々は顔をしかめた。

事態を重く見た老中の阿部豊後守正武《あべぶんごのかみまさたけ》は、将軍綱吉に知らせるべく拝謁《はいえつ》を願い出たのだが、応対した柳沢が、綱吉が会わぬことを告げ、用向きを訊いた。

阿部老中から聞いて、事件のことを初めて知った柳沢は、

「それは極めてけしからぬことにござる。法を犯した者を裁《さば》くのは当然。それに異を唱えるは、将軍家に弓引くことと同じでござるぞ。何ゆえ強い態度に出られぬ」

こう責めたが、根っからの善人である阿部老中にしてみれば、横手忠重の言うことも正しいと思われるところがあり、ことを大きくするのは諸大名に対してもよろしくないと、柳沢に意見した。

柳沢とて、旗本衆を敵に回せば、将軍家といえども窮地《きゅうち》に立たされることはわかっている。

左近のみならず、水戸《みと》、尾張《おわり》、紀伊《きい》の御三家《ごさんけ》を旗本衆が推《お》すような事態になれば、綱吉は隠居に追い込まれるであろう。

綱吉に急ぎ取り次ぐよう頼む阿部老中を前に、柳沢は黙考《もっこう》した。

そして考えをまとめて目を開けると、阿部老中に告げる。

「甲州様に、謀反の疑いがあるのをご存じか」

「なんと申された」

阿部老中は、動揺を隠せない様子で訊きなおした。

柳沢が狡猾《こうかつ》な顔つきで言う。

「甲州様は、病気療養を理由に登城を拒まれ、今は根津の屋敷にもおられぬ」

「どこにおられるのだ」

「はっきりとつかめてはおらぬが、それがしは浜屋敷《はまやしき》ではないかと睨んでいる」

浜屋敷とは、のちに浜御殿《はまごてん》と呼ばれる甲府藩の下屋敷のことだ。

「浜屋敷とな……」

困惑する阿部老中に、柳沢が続ける。

「さよう。浜屋敷は北と西を堀川、南と東を海に囲まれた要害《ようがい》。籠城するに易《やす》く、寄せ手には攻めにくうござる」

「馬鹿な、甲州様が謀反などあり得ぬ。上様も疑《うたご》うておられるのか」

「さよう」

綱吉が誰にも会わぬのをいいことに、柳沢は自分の考えを述べた。

左近は新法に反対していたので、こたびの旗本衆の騒動に関わっているかもしれぬというのだ。

話を聞いた阿部老中は、額から流れる汗を拭《ぬぐ》いもせず、信じられぬと何度もつぶやき、柳沢に訊く。

「まことに甲州様は謀反をたくらんでおるのか。確たる証《あかし》があって、わしにそのようなことを申しておるのだろうな」

柳沢が答える。

「これはあくまで憶測にござる。しかし、手遅れになる前に手を打たねばなりませぬ」

「ならんぞ。証もないのに謀反を疑うのはならん。まずは真偽を確かめねば。何かよい手はないものか」

「ひとつだけ、甲州様の真意を確かめる手がござる」

阿部老中が身を乗り出した。

「それはどのような手だ」

「甲州様には、横手ら旗本衆の怒りを鎮め、新法に従うよう説得していただく。見事役目を果たされたあかつきには、上様の疑いも晴れましょう」

「なるほど」

阿部老中は、ちらりと柳沢を見た。新法に異を唱える左近を使い、旗本衆を抑《おさ》え込もうとしている柳沢に、何かたくらみがあるのではないかと思ったのだ。

同時に、左近ならば旗本衆を抑え込んでくれると期待した阿部老中は、結局柳沢の考えに賛同した。

評定所としても非常に助かると言って喜び、将軍への拝謁もせずに下がる阿部老中のことを見くだすような目つきで見送った柳沢は、一筆したためると、手の者に命じて甲府藩に届けさせた。

柳沢に呼ばれたのは左近ではなく、側近の間部だった。

城下の柳沢邸におもむいた間部は、書院の間に案内された。

程なく現れた柳沢は、

「ようまいられた」

厳しい顔で口を開くと、膝を突き合わせて座し、

「甲州様の具合はいかがか」

真意を確かめるような目を向けて問う。

間部は、身分が上の柳沢に対して決して目を合わせようとはせず、喉元に視線を向けたまま答えた。

「登城を免除いただき、日々養生《ようじょう》をさせていただいておりますが、熱が下がらず、

臥《ふ》せっておられます」

「さようか。では上様にお許しをいただき、将軍家の薬師《くすし》を遣わそう」

「お心遣《こころづか》いありがたく存じますが、それには及びませぬ。我が藩にも、将軍家に劣《おと》らぬ医者がおりますので」

柳沢の頬がぴくりと動いたが、間部は見もせず涼しい顔をしている。

そんな間部の様子を見て、柳沢が表情をゆるめた。

「まあよい。では、戯《ざ》れ言《ごと》はここまでといたそう」

戯れ言と言われて、間部は表情を引き締めて訊く顔を向けた。

柳沢が厳しい顔で告げる。

「今日そちを呼んだ理由は二つある。まずはひとつ、甲州様に謀反の疑いがかけられていることを知っておるか」

これには、さすがの間部も表情を曇らせた。

「病気療養を願い出ただけで、何ゆえ謀反の疑いをかけられますのか。言いがかりにもほどがありますぞ」

「言いがかりではない。近頃旗本衆が、甲州様を将軍に望む声を大きゅうしてきておる。これは、新法に異を唱える甲州様が、上様に取ってかわろうとしているからではないのか」

間部は愕然《がくぜん》として、柳沢の目を見た。

「そのようなことは断じてございませぬ。殿は――」

命を狙われたことを告げようとして、間部は言葉を呑《の》み込んだ。柳沢に呼ばれたことを知った左近が、刺客の一件は口にするなと命じていたのだ。

柳沢が探る目を向ける。

「殿が……いかがした」

「殿は、将軍家と揉める気など毛ほどもございませぬ。小石川村での一件で、旗本衆と将軍家とのあいだが悪くならぬかと案じておられます」

間部の言葉に、柳沢の目が光る。

「さすがは甲州様だ。すでにお耳に入っておられたか」

「騒動になっておりますので」

「ほんとうは、横手あたりから挙兵を促《うなが》されておるのではないのか。病気療養で屋敷に籠もられたのも、密《ひそ》かに浜屋敷へ入って兵を整え、将軍家に弓を引くためであろう」

柳沢は声を荒らげたが、間部は逆に冷静になった。

こういう時の間部は、肝が据《す》わっている。まっすぐな目で柳沢を見据《みす》えながら言う。

「今のお言葉、聞き捨てなりませぬ。殿の謀反を疑われるは、まことに上様のお考えか」

「そのような問いに答える必要はない。問うておるのは、上様の側近たるわしだ。密かに浜屋敷に移られておろう」

厳しく問われて、間部はひとつ息を吐き、襟首《えりくび》をさすった。

柳沢が言うとおり、左近は三日前から浜屋敷に入っている。根津の屋敷では、左近を刺客から守るのが難しく人手もいるので、間部が居を移すようすすめたのだ。

左近は渋ったが、間部の説得に折れて、浜屋敷へ移った。

この情報が、どこから漏れたのか。

間部は、柳沢という男の恐ろしさを見せつけられた気がして、謀反の疑いをかわすためにひと芝居打った。両手をつき、薄い笑みを浮かべながら答える。

「根津の屋敷では、あるお方を殿のおそばに招くのが難しゅうございますので、それがしが言上した次第」

間部の様子を見て、柳沢は拍子抜《ひょうしぬ》けしたような顔をした。

「花川戸町のおなごか」

「よくご存じで」

間部に言われて、柳沢は不機嫌な顔を向けた。

間部は首をすくめる。

左近がお琴の店に通っていることを知っている柳沢は、どうでもよさそうに訊いた。

「して、招くことは叶《かな》ったのか」

「いえ」

すると柳沢が、ふたたび鋭い目を向ける。

「やはり怪《あや》しいな」

「本日、お迎えに上がることになっておりましたので」

真っ赤な嘘《うそ》である。

柳沢は心底《しんてい》を見抜こうとするような目を向けたが、間部が続ける。

「殿は将軍の座など望んではおられませぬ。これだけは、信じていただきとうございます」

それでも柳沢は、疑いを解こうとはしない。

「甲州様のことだ。おなごにかまけたふりをして、爪を研《と》いでおられるのではないか」

「そのようなことは断じてございませぬ。どうすれば信じていただけるのです」

間部が下手《したて》に出たので、柳沢がしたり顔で答える。

「そちを呼びつけた、もうひとつの理由だ。これを果たせば、疑いは晴れよう」

「なんでございます」

「甲州様に、旗本どもを鎮めていただきたい」

柳沢は、横手忠重らを鎮め、新法に従わせてみせれば、左近に向けられた疑いは晴れるであろうと告げた。

左近の身を案じた間部は、柳沢に確かめずにはいられなかった。

「まことに疑いが晴れますのか」

「二言はない」

「承知しました。殿に言上し、必ずや鎮めていただきまする」

頭を下げた間部は、柳沢邸を辞して左近が待つ浜屋敷へ帰ろうとしたが、背後に監視の目があることに気づいた。

「わたしとしたことが、いらぬことを言うてしもうた」

ひとつため息をついた間部は、花川戸町に足を向けた。柳沢に言ったとおりに、お琴を浜屋敷に招くためである。


間部が去った書院の間に、柳沢は残っていた。ある人物を捜しに出していた側近の一人、江越信房《えごしのぶふさ》が戻ったと小姓が告げたからだ。

目を閉じて座っている柳沢が、廊下に目を向ける。

音もなく現れた江越が、片膝をついた。

黒い着物と袴を着けた江越の身体は一見すると細身なのだが、鋼《はがね》のような筋肉をまとい、戦国伝来の剛剣の遣い手である。

その江越に、柳沢が鋭い目を向けた。

「見つけたのか」

「はい」

「どこにおる」

「ここに」

柳沢の背後でした声に小姓が驚き、立ち上がって刀に手をかけた。

その小姓の喉元に、短刀がぴたりと当てられた。どのような技を遣ったのか、声は柳沢の後ろでしたはずなのに、曲者は小姓の背後に現れたのである。

「そこまでじゃ」

柳沢が止めると、黒の忍《しの》び装束《しようぞく》に身を包んだ男が短刀を引き、小姓から離れた。

冷や汗を浮かべて尻餅《しりもち》をついた小姓が、

「不覚を取りました」

と柳沢に詫《わ》びた。これが刺客であれば、己はおろか、柳沢の命も危うかった。

「よい。この者にかかれば、誰も逃れられぬ」

柳沢が満足した顔で言い、曲者に顔を向けた。

「貴様が、闇の世に名高き虎一《こいち》か」

「いかにも」

虎一の年齢は不詳。鷲鼻《わしばな》の奥にくぼんだ目は、血に飢《う》えた者が見せる目つきをしており、不気味な顔である。

柳沢が言う。

「一万両出そう。これよりは、江越の下につけ」

大金を示されて、虎一は唇《くちびる》に笑みを浮かべた。

「誰を殺せばよろしいので」

「これより江越が告げる者だ。天下のための役目と心得て、抜かりのうやれ」

「このはぐれ者が、天下のために働けるとは嬉しい限り……。死力を尽くします る」

頭を下げる虎一の前に座る柳沢は、目を細めて、たくらみを含んだ笑みを浮かべた。

五

お琴を乗せた小舟が大川をくだり、浜屋敷の海手御門《うみてごもん》前に到着したのは、夕刻のことである。

先に下りた間部が、舟を下りるお琴に手を差し伸べて助けた。

立派な門を前に、お琴は戸惑った様子だ。

柳沢の屋敷を辞した間部は、監視の目がついたことに気づき、やむなくお琴を迎えに走った。

お琴には、左近が病のため見舞ってほしいと頼んだ。

真実は舟の上で告げたのであるが、お琴が騙《だま》されたことを怒るはずもなく、左近に謀反の疑いがかけられていることに驚いた。

「わたくしでお役に立てるなら」

そう言って、付かず離れずついてくる一艘《そう》の小舟を見て、左近の身を案じたのである。

だが、いざ立派な門を見て、不安そうな顔をした。

「わたくしのような者が、お屋敷に入ってもよろしいのでしょうか」

お琴は五千石旗本、三島兼次《みしまかねつぐ》の娘だが、父は政敵に敗れてお家は断絶。

左近とは身もこころも結ばれた仲ではあるが、今は小さな店を商《あきな》う身分にすぎぬ。そのような者が甲府藩の屋敷に足を踏み入れることに、戸惑っているのだ。

そんなお琴の奥ゆかしい姿に、間部は左近が惚《ほ》れるのも無理はないと、若者なりに思うのである。

「殿がお喜びになられます。さ、まいりましょう」

促すと、お琴は従った。

一歩門の中に足を踏み入れれば、目の前には美しい庭園が広がっている。

この浜屋敷は、以前は将軍家の鷹場《たかば》であったのだが、左近の父綱重《つなしげ》がもらい受け、甲府藩の下屋敷として御殿を建築した。

広大な敷地には海水を引き込んだ池もあり、鷹狩りがされぬ今では、水鳥の楽園となっている。また、池を望める場所に茶室などもあり、根津の屋敷にくらべれば美しい自然に囲まれ、長く籠もっていても飽きぬであろう。

間部は夕暮れ時の薄暗い森の道ではなく、舟が納《おさ》められている蔵や米蔵が並ぶ敷地を歩んで、左近がいる御殿に入った。

迎えた侍女《じじょ》たちに、お琴の身支度を命じる。

流行《はや》りの着物を着ているお琴の身なりは、決して見劣りするものではないが、

「せっかくお越しいただいたのですから」

と言って、案内した部屋の襖《ふすま》を開けてみせた。

中には、美しい打掛《うちかけ》や髪飾りなどが揃《そろ》えられている。

その豪華さと美しさには、さすがのお琴も目を見張るばかりであった。

間部が告げる。

「このようなこともあろうかと、着物から髪飾りまで、一式用意しておりました。どうぞ、お好きな物をお選びください」

「あ、ありがとうございます」

お琴は呆気《あっけ》にとられた様子で礼を言う。

　間部は控えている侍女に命じる。

「一刻（約二時間）ほど殿と話をするゆえ、そのあいだに支度を頼む。お琴様、お召し物に不満がございましたら、この者に遠慮なくお申しつけください」

「とんでもございませぬ。美しい物ばかりで、目移りしてしまいます」

「それはよろしゅうございました」

　恐縮しきっているお琴に笑みで言うと、間部は左近の部屋に行った。

　お琴が屋敷に入ったことなど知る由《よし》もない左近は、広縁に出て暮れゆく空を見ていた。

「殿、ただいま戻りました」

　片膝をついて言う間部に顔を向けた左近は、部屋に入って座るなり訊く。

「柳沢殿の用向きは、なんだった」

　正座した間部が、柳沢から言われたことを一通り報告した。

　左近は険しい顔をする。

「病気療養をそのようにとらえるとは、よほど謀反人にしたいと見える」

　柳沢という男の本性を見た気がして、左近は肩を落とした。

　だが、言われたことを拒めば、謀反人にされてしまう。

断ることはすなわち、甲府藩の存亡《そんぼう》に関わるだけでなく、下手をすると戦《いくさ》になる。

「旗本衆を抑え込むのは、容易《たやす》いことではない。柳沢も、よう考えたものだ。断りたいところだが、これ以上旗本衆が騒げば、上様も厳しい態度に出られよう。争いを起こさぬためにも、余にできることはいたそう」

「では明日にでも、横手殿に来ていただきましょう」

「いや、余がまいる」

「それは危のうございます。殿が将軍家の肩を持つことに落胆し、何をしでかすかわかりませぬ」

「案ずるな。横手殿は話がわからぬ御仁《ごじん》ではない」

この時左近は、ある思いを胸に秘めた。

「間部」

「はい」

「明日は余の供をしてくれるか」

「お供つかまつりまする」

間部は顔色ひとつ変えずに即答した。

うなずいた左近は、立ち上がって広縁に立つと、空を見上げた。

「浜屋敷から見る夕焼けは美しい。間部、酒を飲まぬか」

「別れの酒は、ごめんこうむりまする。すぐに支度をしてまいりますので、少々お待ちを」

間部がそう言って下がったので、左近は困惑した。

「そのようなつもりではないのだが」

呑気につぶやき、広縁に座った左近は、潮風《しおかぜ》に当たりながら明日のことを考えていた。

背後に人が座る気配に振り向いた左近は、目を見開いた。

そこには、酒肴を載せた折敷《おしき》を持つお琴がいるではないか。

「お琴、来てくれたのか」

左近が言うと、お琴は笑みでうなずく。

間部が用意していた着物ではなく、いつもの姿だった。

屋敷にいる左近の前に、庶民の着物で出るのは失礼だと侍女には言われたのだが、やはりお琴は、武家女の身なりにはなれなかったのだ。

「せっかくご用意していただいたにもかかわらず、このような姿で申しわけございませぬ」

頭を下げるお琴の気持ちを理解している左近は、笑みで首を横に振る。

「よう来てくれた。お琴」

左近は折敷から杯《さかずき》を取り、お琴の酌《しゃく》を受けた。

浜屋敷でこうしてお琴と過ごせるとは、夢のようだ。

その思いを嚙《か》みしめた左近は、お琴に訊いた。

「間部が無理を申したのであろう」

お琴は明るい顔で首を横に振る。

「病とうかがいました時には、心の臓が止まるかと思いましたが、事情を聞いて、今は案ずるばかりです」

「何を案じている」

「新法のことで、御身《おんみ》を犠牲にされるおつもりではないかと」

命を落とすかもしれぬと先ほどまで考えていたことを見透《みす》かされて、左近はどきりとした。

お琴が不安げな顔で言う。

「やはり、そうなのですね」

左近はお琴の目を見つめた。目を潤《うる》ませているお琴の手を取り、そっと力を込めると、お琴もにぎり返してきた。

「案ずるな。そのようなことは決してない」

「まことでございますか」

「うむ。そなたを一人にはせぬ」

左近が言うや、お琴が寄り添う。

優しく抱きしめた左近は、いつまでもこうしていたいと思いつつ、憂《うれ》いを含んだ顔を庭に向けた。

六

翌日、左近はお琴を浜屋敷に留《と》め置き、甲府藩主として大名駕籠《だいみようかご》に乗って出かけた。

駕籠に付き添うのは、間部をはじめとするわずかな手勢のみで、親藩《しんぱん》である甲府藩の大名行列とはとても思えない。

左近が警固を手薄にしたのは、これから会う旗本衆に親藩としての威厳を見せず、あくまで将軍綱吉の使者としておもむくことを示そうという狙いからである。

昨日のうちに綱豊が来るという知らせを受けていた横手は、己に賛同する主だった旗本衆を屋敷に招き、綱豊を迎える支度を整えて待っていた。

江戸城の西を守る市ヶ谷御門《いちがやごもん》内に屋敷を構える横手家の門前に、左近を乗せた駕籠が到着したのは、昼前のことだった。

表の大門を開けて待っていた横手が自ら迎えに出て、駕籠の前で片膝をつく。

「お待ちしておりました。どうぞ、このままお入りくだされ」

案内して駕籠を門内に招き入れ、屋敷の表玄関に向かう。

式台に横付けされた駕籠から左近が顔を出すと、顔見知りの大身《たいしん》旗本の連中が居並び、左近に平伏《へいふく》した。

屋敷の大広間で待つのが通常であるが、この者たちは左近を下にも置かぬもてなしぶりである。

三河《みかわ》以来の名家を引き継ぐ老練な旗本衆の熱烈な出迎えに、左近はいささか恐縮する思いで駕籠から降りた。

そのまま表廊下を歩み大広間に案内された左近は、一斉に平身低頭《へいしんていとう》する者たちに驚いた。

ざっと三十人はいるだろうか。

中には、公儀の要職に就《つ》いている者の姿もある。

ここで話されることを逐一《ちくいち》、柳沢に知らせるために来ているのかと左近は思ったのだが、横手が口を開いた。

「甲州様、ここにおる者たちは皆、甲州様を将軍に望む者ばかりでございますので、どうぞご安心を」

公儀の要職に就いている者たちも、小石川村で起きた事件のことに立腹しているのだ。

大広間には、夏の陽気とは別の熱気が籠もっていた。

左近が上座に着き、一同の面《おもて》を上げさせるなり、若い旗本の何人かが訴えてきた。

「甲州様。我らは小石川村での一件に納得がゆきませぬ。鳥一羽の命よりも旗本の命が軽視されているかのような新法など、廃止するべきです」

「さよう。我ら旗本をないがしろにされるのは、我慢なりませぬ！」

「そうだ！」

「甲州様！　我らにお味方してくだされ！」

「共に戦い、天下の悪法を廃しましょうぞ！」

「待て！　落ち着かぬか！」

横手が立ち上がり、いきり立つ者たちを鎮めた。

「あいさつもろくにせず迫るとは、無礼であろう！」

一同の代表ともいうべき横手に怒鳴られて、若い旗本たちは口を閉じた。

「まずは、甲州様のお言葉を賜《たまわ》ろうではないか。話はそれからじゃ」

一同が身を乗り出し、左近に注目した。

左近は皆を見回してから口を開く。

「皆の気持ちは、ようわかった。確かに新法については、見なおしていただくところが多少はある。されど、生命を重んじられる上様のお気持ちを、わかってくれ」

思わぬ言葉に、一同からどよめきが起きた。

左近は続ける。

「小石川村の件は、酒に酔っていたとは申せ、民の手本とならねばならぬ直参《じきさん》旗本が法を破ったうえ、刀を抜いて役人に斬りかかった。問題はそこにある。役人は、法を犯した者を捕らえようとした善人だ。皆に尋ねたい。同じようなことが己の身に降りかかった時、役人を斬るか」

皆、左近から目線をはずして、押し黙っている。

横手が口を開いた。

「甲州様は、新法に賛同なされるのですか」

左近はうなずいた。

一同がふたたびどよめく。

「静かに！」

横手が黙らせ、左近に訊く。

「民も混乱している悪法に、何ゆえ賛同なされますのか」

「納得がいかぬことがあろうとも、お上の下知《げち》に従うのが我らの務め。これに逆らえば大乱となり、多くの命が失われる」

「もとより、その覚悟はできております」

横手が言うと、一同から、戦《いくさ》もやむなしという声があがった。

目を閉じて旗本たちの声を聞いていた左近は、ゆっくりと目を開け、葵《あおい》の御紋《ごもん》が入れられた脇差を抜き、膝の前に置いた。

その行為に、旗本衆が静まり返る。

左近は、皆を見回しながら言う。

「直参旗本とは、将軍家を守るために存在する。その旗本衆が、お上が発布された法に異を唱えて挙兵いたせば、諸大名がどう動くであろうな。徳川を倒さんとする者が大挙して江戸に攻め込み、泰平の世は終わり、日ノ本《ひのもと》はふたたび戦乱の世となろう。それでも、旗本の誇りのために立つと申すなら、将軍家血筋である余の首を刎ねて、開戦の狼煙《のろし》といたせ」

左近が将軍家に弓を引かぬことをはっきり示したので、横手が悔しげに拳《こぶし》で膝を打った。

「どうしても、我らに与《くみ》してはいただけぬのでございますか」

なおも横手が問いかけ、左近がはっきりと告げる。

「余は、上様を追い落としてまで将軍にはならぬ。力ずくで上様を追い落とせば、御三家が決して黙ってはおらぬ。朝廷とて、余を将軍に任命されることはない」

左近は皆に言う。

「今なら、皆にお咎めはない。余と共に上様にお仕えし、天下泰平のため、民の平穏な暮らしのために励《はげ》んではくれぬか。新法は、決して悪い法ではないのだ。無益《むえき》な殺生さえいたさねば、これまでと変わりのう暮らせる。将軍家あっての、旗本ぞ」

横手は不服そうな顔をしていたが、ふっと表情をゆるめた。

「甲州様がそうおっしゃるならば、いたしかたござらぬ」

そう言った横手の顔に浮かんだ覚悟を見抜いた左近は、横手より先に動き、脇差にかけた手を押さえた。

「手を離せ」

「いいや、皺腹《しわばら》かっさばいて上様にお詫びせねば、示しがつきませぬ」

「そちが腹を切れば、ここにいる皆も腹を切らねばならなくなるのだ。それがわからぬのか」

騒動を起こした責任を取ろうとした横手は、左近を見た。

「上様は、そなたらを決してお咎めにはならぬ。もしお咎めになるなら、それは上様のご意思ではない。側近の者どもが暗躍してのことだ。その者どもに動かされて、切腹をお命じになられるようなことがあれば、その時こそ、余は立とう」

左近は、ここでのことは必ず綱吉の耳に入ると信じて、あえて口にした。

横手とて、それがわかっていて切腹しようとしたに違いない。

左近の気持ちが伝わったのか、横手は脇差から手を離し、両手をついて頭を下げた。

「甲州様の仰《おお》せに従い、天下泰平のため、上様にお仕えいたしまする」

「うむ」

笑みでうなずいた左近は、皆に顔を向けた。

「皆も、よろしく頼む」

そう言うと、旗本たちは揃って頭を下げた。

この時、密かに場を離れた者がいる。

庭に控えていた小姓のようだが、その者は人気《ひとけ》のない裏手に回るとあたりを見回し、軽々と土塀《どべい》を乗り越えて立ち去った。

横手家の裏道を走った曲者が向かった先には、数名の配下を連れた江越がいる。

曲者から横手家の様子を聞いた江越は、

「ふん、こしゃくな」

鋭い目で言うと、虎一に顔を向ける。

「綱豊侯は、説得をよしとせぬ旗本の逆恨《さかうら》みにより、帰途の最中に暗殺されてしまった……こうなれば、上様の怒りを買い、横手らは切腹を免《まぬが》れまい」

江越の筋書きにうなずいた虎一は、不敵な笑みを見せてその場を去った。

七

左近の駕籠が横手家の屋敷を出たのは、半刻後のことである。

行列は半蔵門《はんぞうもん》前を通り過ぎて桜田堀《さくらだぼり》のほとりをくだり、虎御門《とらごもん》へ向かった。

筑前福岡藩《ちくぜんふくおかはん》上屋敷の長屋塀を右手に見つつ進み、突き当たりの潮見坂《しおみざか》を左へ曲がった時、駕籠に付き添っていた間部は、坂の上にある辻番《つじばん》に目を向け、はっとした。

編笠を着けた侍が、番人に当て身を入れて倒したのだ。

その侍が行列に迫った。潮見坂に人気《ひとけ》はない。

「曲者だ。殿をお守りしろ！」

間部は叫び、柄袋《つかぶくろ》を飛ばして抜刀した。

背後で悲鳴がしたのは、その時だ。

行列の前から襲いきた曲者どもが槍持《やりも》ちを傷つけ、供侍を押して進む。

甲府藩士とて負けてはおらぬ。抜刀して曲者を一刀で倒し、押し返した。

「駕籠だ、駕籠を守れ！」

間部もまた曲者を斬りつつ叫んだ。

藩士が駕籠の周囲を固めようとしたが、曲者の一人が黒い玉を投げつけ、閃光《せんこう》と煙が藩士たちを混乱させる。

間部は駕籠かきの腕をつかみ、

「来い！　ここを離れるのだ！」

と命じて、潮見坂を駆け下りた。

「逃がすな！　追え！」

曲者どもは藩士に構わず、駕籠を追う。

坂をくだった左近の駕籠は、信濃松代藩《しなのまつしろはん》の屋敷の角を曲がった。

そこで待ち構えていた黒装束の男が、行く手を塞《ふさ》ぐ。

虎一だ。

間部が立ち止まり、異様な気を放つ男に対峙した。

「何者だ」

間部が問うが、虎一は答えない。静かに刀を抜き、右足を前に出して低く構える。

直刀《ちょくとう》を逆手に持つ姿を見て、間部が言う。

「忍びか」

虎一は答えるかわりに不敵な笑みを浮かべ、地を這《は》うように走り、間部に迫った。同時に、手裏剣を投げ打つ。

間部は顔に迫る手裏剣を刀で弾き飛ばし、跳びすさって虎一の一刀をかわした。

だが、虎一の動きが勝《まさ》り、間部は腹を蹴られた。

「うっ、くっ」

後方に飛ばされた間部が地面を転がり、すぐに立ち上がる。そこへ追いついた曲者が襲いかかり、間部は駕籠から離された。

虎一はにやりと口角《こうかく》を上げ、左近の駕籠の前に立つ。

「お命、頂戴《ちょうだい》いたす」

言うや、刀を突き入れた。

だが、虎一が慣れている人の肉を貫《つらぬ》く感触ではなく、硬い何かに切っ先が止められる。

「むっ」

予期せぬ手ごたえに目を見開いた虎一が、刀を引き、駕籠の戸を開けた。

安綱の柄で刃を受け止めていた左近が、鋭い目を向ける。

その凄《すさ》まじい剣気に、虎一は刀を構えながら間合いを空けた。

襲うには、身動きが取れぬ駕籠の中にいる今が好機だが、一撃を受け止められている虎一は手が出せぬ。

左近はゆるりと駕籠から降り立ち、安綱を抜いた。

間部がよろけながら左近に近づき、虎一の手下どもが周囲を囲んだ。

この時甲府藩の藩士たちは、煙玉《けむりだま》の毒によって眠らされ、間部も眠気と必死に闘っている。

その姿を見て、虎一がほくそ笑む。

「そろそろ眠り薬で意識を失う頃だ。案ずるな、楽にあの世へ送ってやる」

「お、おのれ」

間部は頭を振り、刀を構えようとしたのだが、手に力が入らず落としてしまい、片膝をついた。

駕籠にいた左近は、遅れて眠気に襲われた。

虎一がくつくつと笑い、配下の忍びに顎で命じる。

忍びが左近に襲いかかった。

左近は斬り下ろされた刃をかい潜《くぐ》り、安綱を振るって相手の腹を斬った。

右側から斬りかかった忍びの刀を弾き上げ、切っ先を胸に突き入れて押す。

その背後から斬りかかろうとした忍びの首に、手裏剣が突き刺さった。

大名屋敷の長屋門から身軽に飛び降りてきたのは、小五郎とかえでだ。

「殿」

「小五郎か」

横手家を訪れたことを知らぬはずの小五郎とかえでが駆けつけたので、左近は驚いた。

小五郎が言う。

「お琴様から知らせを受け、馳《は》せ参《さん》じました」

その小五郎に、虎一の配下が斬りかかる。

甲州忍者の頭目《とうもく》である小五郎の剣技は凄まじく、虎一の配下を次々と倒していく。

かえでは虎一を警戒しつつ、左近に毒消しを飲ませた。

「皆を頼む」

左近はかえでを下がらせ、前に出た。

苦い粒を噛み砕《くだ》いて飲み込んだ左近は、ゆるりと安綱を構えて対峙する。

じりじりと前に出て、虎一を壁際に追い詰めた。

「おのれ」

逃げ場を失った虎一は、忍び刀を構える。血に飢えた目を見開き、左近に襲いかかった。

地を這うように走る虎一は、左近の足を狙って刀を振るう。

安綱の切っ先を下げた左近は、虎一の一撃を受け止め、刃を滑らせて前に出る。

下から斬り上げた安綱の切っ先を天に向けて止めた左近の背後で、虎一は呻き声もあげずに崩れるように倒れた。

安綱を鞘《さや》に納めた左近は、倒れた刺客を険しい顔で見下ろしながら、長い息を吐いた。

物陰に潜《ひそ》み、襲撃の様子を見ていた江越は、編笠の下で奇妙な笑みを浮かべて立ち去った。

八

浜屋敷に戻った左近は、待っていたお琴と共に一夜を過ごした。

翌日は、お琴を花川戸町へ送っていくつもりだったのだが、朝早く、城から使者が来た。

使者は、将軍綱吉が、横手ら旗本を説得した左近に、一言礼を申したいので必ず登城するよう告げた。

さすがに仮病を使うわけにもゆかず、お琴のことを小五郎とかえでに託し、左近は朝のうちに登城した。

将軍家に近しい者が使う御座《ござ》の間《ま》に通された左近は、綱吉から直々《じきじき》に礼を言われた。

「病を押しての働き、まことに見事である」

「はは」

「そちの謀反の疑いは晴れた。虫がよいことを申すようだが、やはり余には、血が繋《つな》がったそちの助けがいる。病などと申して屋敷に籠もらず、これまでどおり、余を助けてくれぬか」

上機嫌で言う綱吉に、左近は両手をついて頭を下げた。

「こたびはなんとか収まりましたが、これから先、新法を利用して暴利をむさぼらんとする輩《やから》が出てまいりましょう。ふたたび騒動が起きぬよう、力を尽くしまする」

「そうしてくれ。役人の手が及ばぬ悪党どもの裁きは、そちにまかせる。頼りにしておるぞ」

「はは」

左近が応じた時、廊下に柳沢が現れた。

「おそれながら、甲州様には詮議《せんぎ》をいたさねばなりませぬ」

綱吉が不機嫌な顔を向けた。

「弥太郎、どういうことだ」

柳沢が綱吉を見て、左近に問う。

「甲州様、横手家からの帰途に、行列を曲者に襲われましたな」

これには綱吉が慌てた。

「まことか、綱豊」

「はい」

「何ゆえ黙っておった。襲うたのは何者だ」

「わかりませぬ」

柳沢が口を挟む。

「おそらく、甲州様の下知を不服とする旗本の仕業《しわざ》にございましょう」

左近が言う。

「いや、相手は忍びであった。旗本ではあるまい」

「噂では、金のために人を殺める忍び崩れの輩がおると聞きます。その者どもを使《つこ》うたのやもしれませぬ」

「なるほど」

左近は、そうかもしれぬとうなずいた。

柳沢の目が光る。

「甲州様は、その者どもをお斬りになりましたな」

「……………」

左近は返答をせず、涼しげな顔で座っている。

綱吉が口を開いた。

「襲われたのだ、斬って当然であろう」

「上様、新法は殺生を禁じております。たとえ襲われたとしても、殺しは殺し、法を破っておられます」

綱吉は愕然とした。

「では、綱豊はどうなるのだ」

「雉を殺した旗本に罰を科したのと同じく、甲州様にも罰を科すのが道理」

「たわけ、雉には罪はないが、大名行列を襲うは大罪人じゃ。綱豊に罪はない」

「されど、それでは示しがつきませぬ」

柳沢は引き下がらぬ。

綱吉は膝を打ち鳴らして怒った。

「弥太郎、綱豊の謀反の疑いは晴れたのだ。その綱豊を罪に問うことは、余が許さぬ。咎めるべきは、綱豊を襲うた者どもを裏で操《あやつ》る者だ」

柳沢は、綱吉の剣幕に押し黙った。

左近が言う。

「我らを襲うた刺客の頭目と思《おぼ》しき者は、峰打ちに倒して捕らえておりまする」

綱吉が顔を向ける。

「その者は、藩の屋敷におるのか」

「いえ、公儀の牢屋敷に引き渡しておりまする」

柳沢は絶句した。

「弥太郎、青い顔をしていかがした」

綱吉に問われて、柳沢は両手をつく。

「いえ、何も……」

綱吉が目を細める。

「綱豊」

「はは」

「そなたを襲うた者のこと、余に預けてくれぬか」

左近は内心驚いたが、懇願《こんがん》する綱吉の顔を見て、心中を察した。

「承知いたしました」

綱吉がうなずき、柳沢に顔を向けた。

「弥太郎」

「はは」

「綱豊を襲うた者と命じた者の正体を、貴様が暴《あば》け」

——上様は、すべてを見抜いている。

左近はそう思った。

柳沢は目を泳がせたが、

「かしこまりました」

そう応じて頭を下げる。

綱吉は新法のことで、左近を敬遠していたはずだ。

だが、二人のあいだにはしっかりとした絆《きずな》があることを思い知らされた柳沢は、攻めの姿勢から一転して、己の身を案じた。

「おそれながら、甲州様へのお咎めは、いかがいたしまするか」

「旗本を斬った徒目付を罪に問わなんだのを忘れたか。咎人《とがにん》を殺めることに、罰は科さぬ」

綱吉に言われて、柳沢は押し黙った。

「不服か、弥太郎」

「いえ。ではこれにて、ごめんつかまつりまする」

綱吉と左近に頭を下げた柳沢は、御座の間から立ち去った。

綱吉が左近に顔を向けて、ひとつため息をつく。

「綱豊」

「はは」

「柳沢の無礼を、許してくれ」

「上様」

「うむ」

「わたしはもとより上様と争う気は微塵《みじん》もございませぬ。ですが、降りかかる火の粉《こ》は払わねばなりませぬ。柳沢を退《しりぞ》けるお許しを、いただきとうございます」

綱吉は神妙な顔をした。

「あれも、世の泰平を願《ねご》うてしたことだ。目をつむってくれるなら、今後は決して手出しをさせぬ。余には、あの者が必要なのだ。わかってくれ」

左近は考えたが、綱吉に懇願されては仕方がない。

手出しをさせぬという言葉を信じて、左近は頭を下げると、御座の間から下がった。

綱吉の命で虎一が処刑されたのは、数日後のことだ。

甲府藩主を襲撃したことではなく、金で人を殺める極悪人として裁かれた。

綱吉が柳沢を抑えたことで、左近に平穏な日々が来るかと思われたのだが、こののちも生類憐みの新法は幾度か見なおされ、その都度厳しさを増してゆく。

生類憐みの令は、左近が第六代将軍になるまで続くのだが、今の左近がそのことを知る由もない。

左近は新法の行く末を案じていたのだが、たくましく生きる江戸の民は、難しい法に早くも馴染《なじ》みを見せはじめていた。

浜屋敷から根津の藩邸に戻る間部らとは別に屋敷を出た左近は、舟で大川をさかのぼり、お琴を訪ねた。

謀反の疑いが晴れ、左近の身の危険も去ったと知ったお琴は喜びの涙を流し、その日の夕餉《ゆうげ》は権八夫婦を招いて、ささやかな酒宴を開くこととなった。

酒宴と聞いた権八は、理由を知らぬくせに大いに張り切り、魚屋に走って大ぶりの鯛《たい》を手に入れてきた。

手をたたいて喜ぶおよねに乗せられて、権八は左近に自慢する。

「江戸っ子を舐《な》めてもらっちゃ困りますよ。新法だって、慣れてしまえば難しいことはないやな。近頃は、魚河岸もにぎやかさを取り戻しておりやすよ、左近の旦那」

本書は2016年7月にコスミック・時代文庫
より刊行された作品を加筆訂正したものです。

双葉文庫

さ-38-27

浪人若《ろうにんわか》さま 新見左近《にいみさこん》 決定版《けつていばん》【十一】
左近暗殺指令《さこんあんさつしれい》

2023年2月18日　第1刷発行

【著者】
佐々木裕一《ささきゆういち》

【発行者】
箕浦克史
【発行所】
株式会社双葉社
〒162-8540 東京都新宿区東五軒町3番28号
［電話］03-5261-4818(営業部)　03-5261-4868(編集部)
www.futabasha.co.jp(双葉社の書籍・コミックが買えます)
【印刷所】
中央精版印刷株式会社
【製本所】
中央精版印刷株式会社

【フォーマット・デザイン】
日下潤一

ISBN978-4-575-67148-3 C0193
Printed in Japan

佐々木裕一　闇の剣　浪人若さま 新見左近 決定版【一】　長編時代小説

浪人姿で町へ出て許せぬ悪を成敗す。この男の正体はのちの名将軍徳川家宣。剣戟、恋、人情、そして勧善懲悪。傑作王道シリーズ決定版！

佐々木裕一　雷神斬り　浪人若さま 新見左近 決定版【二】　長編時代小説

仇討ちの旅に出た弟子を捜しに江戸に来たという剣術道場のあるじと知り合った左近。事情を聞き、本懐を遂げさせるべく動くのだが——。

佐々木裕一　おてんば姫の恋　浪人若さま 新見左近 決定版【三】　長編時代小説

左近暗殺をくわだてる黒幕の正体がついに明らかに!? そして左近を討ち果たすべく、最強の敵が姿を現す！　傑作シリーズ決定版第三弾!!

佐々木裕一　将軍の死　浪人若さま 新見左近 決定版【四】　長編時代小説

信頼していた大老酒井雅楽頭の裏切り、慕っていた将軍家綱の死。失意の左近に、最大の危機が迫る！　人気時代シリーズ決定版第四弾!!

佐々木裕一　陽炎の宿　浪人若さま 新見左近 決定版【五】　長編時代小説

国許の民から訴状が届いた。甲府の村の領民が苛政に苦しんでいると知った左近は極秘でお国入りを果たす。人気シリーズ決定版第五弾!!